おらんだ貞

古川久師

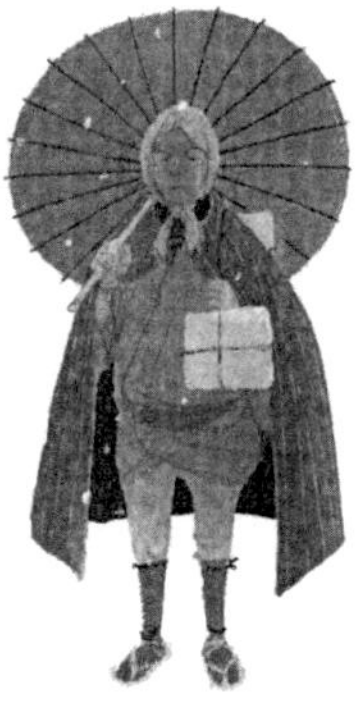

鉱脈社

目次

おらんだ貞

第一章　旅立ち

一、ギヤマン玉

初夏を迎え、春霞の消えた日向灘はくっきりと青く、心が吸い込まれていく感覚を味わっていた。今山《いまやま》の頂上にたたずんで、少年は飽くことなく海を見ていた。家のある大武《おおだけ》の港から見る視界いっぱいの海も好きだったが、今山から、広い海岸線の先に広がる、砂浜の上に絵筆で青をひと塗りしたような海を見下ろしていると、自然への恐怖が縮小し、海の先の世界への憧ればかりが入道雲のようにむくむくとこみ上げてくる。

先日寺子屋で素読した『奥の細道』の冒頭文が頭をよぎった。

――月日は百代《はくたい》の過客《かかく》にして行交う歳もまた旅人なり　舟の上に生涯を浮かべ、馬の口をとらえて老いを迎えるものは　日々旅にして旅を棲家《すみか》とす……

（旅を棲家か……もし、望んだら俺もそんな生き方ができるんじゃろうか）

旅をしたことはあった。父幸藏に連れられて、先年四国へお遍路《へんろ》に赴いた。幸藏は、延岡のまちを襲った疫病退散を祈願するため、紀州、高野山に赴き弘法大師像を勧請《かんじょう》して持ち帰ることを計画した。今山に大師庵を建立しようと考えていた。そのための四国と高野山への勧請旅。

半年に及ぶ旅を、少年は心から楽しんだ。旅程は過酷だったが、初めて見る延岡の外の世界に興奮しっぱなしであった。

旅の終わり、室戸《むろと》から延岡に向かう船の中で、船乗りから記念にもらったギヤマンの玉を、帰ってからも肌身離さず持ち歩いている。

ギヤマンは海を凝縮して固めたような碧《みどり》で、気泡を三つ包含していた。嘘かもしれないが、これをくれた船乗りは、笑いながらこう言っていた。

「こん玉は、長崎でオランダ商人から買うたもんぜよ。こん泡にはオランダの空気がつまっちょる」

（おらんだのくうき）

少年は、ギヤマンを見つめる度に、頭がぼうっとなった。その感覚を自分の言葉では整理できない。ただ、ギヤマンの中の三つの気泡に心の一部を奪われてしまった。

少年の名前は満石《みついし》治助《じすけ》。父は日向国延岡藩大武の港町で「酢屋」という商店を営み成功を収めた商人。裕福な家に生まれ、その家を継ぐことを約束されながらも、なにか物足りなさを感じながら育った。

二、博　多

嘉永元年（一八四八）治助は十七になった。元服し名を「貞三郎《さださぶろう》」と改めていた。五尺二寸（一五五センチ）、十四貫（五二キロ）、標準的な体型。広く月代《さかやき》をそり、頭頂部に小さな本田髷《まげ》をちょこんと乗っけて、柿渋色の小袖と紺の前掛けを身に着けている。ごく普通の町人の風体、一見しただけでは印象に残らない。顔は浅黒く、一重の細い目と、小さくしか開かない薄い唇、低い鼻。やはり目立たない。動きだけは、きびきびとしていて注意深く見ると才気が感じられる。家業に就いて若番頭として店先に出ていた。与えられた仕事はそつなくこなす。しかし、自ら仕事を工夫しようという意欲は見えない。

父、幸藏は貞三郎に若者らしい活気や野心が感じられないことを心配していた。何か、きっかけが必要なのだろうと考えていた。

ある日、幸藏は貞三郎に言い渡した。

「貞《さだ》、お前もそろそろ商売人として独り立ちせんといかん。少し難しいかんしれんが、今度の博多の買い付けはお前が仕切れ。船の手配、買い付け品の選定まで任すっから一人でやってみろ」

幸藏は商品である酢や醤油、酒などの買い付けのために、定期的に船で博多に出かけていた。それを今回は貞三郎に任せるというのだ。貞三郎に難しい仕事を与えることで、意欲を掻き立てるきっかけにしたいとの、幸藏の思いだ。

（一人旅……）

貞三郎は父の指示を聞いた瞬間から、旅へのあこがれに踊り出す気持ちを抑えることができなかった。うわの空で旅支度をした。父には悪いが、買い付けのことなどほとんど頭にない。

水平線の先に広がる未知の世界に、思いが走っている。

（玄界灘は海の色が違うっち聞くぞ、塩っ辛さもちがうんかな）

（博多にはいろんなもんが売っちょるんじゃろうな。長崎も近いからオランダや支那の品もあるかんしれん）

（もしかして、異人に会えんじゃろうか）

首から下げた守り袋に入っているギヤマンの玉を握りしめ、遠い目をしていた。

何はともあれ、楽しそうにしている貞三郎を見て、幸藏は目論見《もくろみ》が成功していると思っていた。

「今日は朝から風向きが良いぞ、出航するみてぇじゃ」

幸藏は、未明に貞三郎を起こした。長年の経験から、雨戸を打つ風の音で船の出航を感じ取ったのだ。

延岡港には、九州山脈に発する祝子《ほうり》川、北川、五ヶ瀬川、大瀬川の四筋の大河が流れ込んでいる。海から陸への風が強く、川の流量が多いと、打ち寄せる波と流れ出る川水がぶつかって三角波が立つ。波が立っている間は危なくて船が出せない。

夏に入って川の水かさが増えている。貞三郎の乗る千石船は三日前から風待ちをしていた。風の良いうちに急いで出航するので、まごまごしていると乗り遅れてしまう。貞三郎はあわてて身支度をして港に向かった。

案の定、大武の港では夜明け前の薄明かりの中、気の荒い人足が怒鳴り合いながら、忙しく荷積みを行っていた。急いで船に乗り込んだ貞三郎は、見送りに来ていた父と母に船縁《ふなべり》から満面の笑顔を見せた。船が岸を離れると、ちょっと子供っぽいかなと思いながらも、まっすぐ伸ばした手を大きく、繰り返し振って別れを告げた。

海路は晴天に恵まれて順調に船が進む。豊後水道を抜け、周防灘《すおうなだ》を過ぎて馬関海峡を越えると玄界灘に入る。親しくなった船頭から地名を教えてもらった。

「正面に見えるのは志賀島《しかのしま》じゃ。その奥に能古島《のこのしま》がある。二つの島の間を抜けると博多の港に入る。玄界灘は波が荒いが、港は島と砂州《さす》に囲まれて凪《な》いじょるぞ」

でっかい入道雲の陰を落とした志賀島は、海岸線に松林が広がり、濃い緑と薄い海の色の対比で、作り物の箱庭のように感じられた。苔玉が水盆に浮いているように見える。

船頭の言うとおり、志賀島を廻り込み、能古島の前を横切って博多湾に入る。眼前に見えてきた博多の町は、瓦屋根が波のように連なり、山や丘が全くない。延岡の、海近くまで山が迫り平地が囲まれている風景と比べて、その広がりに圧倒された。

接岸には時間がかかるので、身一つの貞三郎は伝馬船に乗りかえて先に上陸した。

港は雑多な人々でごったがえしていた。言葉が荒い。

下帯姿の人足たちが荷を担いだまま怒鳴り合っている。分厚い帳面を持った羽織姿の商人が一心に俵の数を数えている。下船した旅客の袖を引きに、派手な着物を着崩した遊女たちが群がっている。陣笠を被った侍が、地方から積んできた年貢米を、その場で商人たちに売りさばいている。

貞三郎の前にも遊女たちが寄ってきた。日本三大美人のひとつに数えられる博多美人。色白の垢抜けた女たちに囲まれた貞三郎は、顔を真っ赤にしてしまった。初心《うぶ》な反応に遊女たちは調子づいて誘い言葉を盛んにした。

「お兄さん、博多は初めて」

「見るところ一人旅だろ」

「女も初めてかい？　顔を真っ赤にして可愛いねぇ」

「折角博多に来たからには、柳町に寄らんともったいなかかばい」

「安くしとくから試してみなよ」

のぼせてしまった。悪いことに貞三郎の懐には買い付けの金がたんまりと入っている。幸藏から金遣いを厳に戒められてはいたが、開放感とむせるようなおしろいの香り、港の喧騒に酔ってしまって冷静な判断ができない。強引に手を引く遊女の後ろを、真っ赤にした顔をうつむかせてついて行ってしまった。

那珂川《なかがわ》河口の柳町遊郭に草鞋を脱いだ貞三郎は、勧められるままに酒肴を口にした。生まれて初めて飲む酒は、顔をしかめるほど不味《まず》い。こんなものを、なぜ好き好んで飲まなくてはならないのか分からない。

しかし、女の手前やせ我慢して飲み続けると、徐々に味に慣れてきた。頭がくらくらする。音がくぐもって聞こえ、鼻が詰まってくる。気分は悪くない。座っていられないくらいに酔ってくると、女が手を引いて隣室に招いた。

薄暗い部屋の布団の上で、女の肌の甘い匂いと四肢の柔らかさを感じたことを、おぼろげに覚えている。

女と同衾しひと晩明かした。呑みつけない酒が翌日も残り、精神の自由を奪われた。初めての快楽に身を溶かされた貞三郎は、気が付くと遊郭の部屋に腰をおちつけてしまっていた。

「貞さん、今日は何をお召し上がりだい。今朝いいアラが港に上がったたって言っとったよ。ちょっと値は張るけど折角だからアラ鍋でもどうだい」

「うぅん、そうねぇ、明日こそは仕事にかかりたいから、今晩が最後だ。最後に張り込んでみるか」

こんな会話が、半月も続いている。まだ遊興代の請求をされてない。どのくらい使ったのか世間知らずの貞三郎には見当もつかず、しばらく前から金について考えることもやめてしまった。

博多に着いたのが七月初め、月が替わって遊郭の女将から初めて金額を告げられた。

「貞さん、まだまだ居て欲しいんだけど、そろそろ中〆のお代を頂いてもいいかい。また来てほしいから安くしといたよ。ひと月分のお代、十五両でいいよ」

貞三郎は青ざめた。払えない金額ではないが、仕入れの金がずいぶん目減りしてしまう。精一杯やせ我慢して平気なふりを装った。

「そ、そうかい。思ったより安いね。明日の朝払うよ。そろそろ仕事しなくちゃと思っちょったんだ。明日発つからよろしく頼むよ」

その晩、不安を糊塗《こと》するように盃を重ねた。いくら飲んでも酔わない。明けて、十五両を耳をそろえて払うと、遊女たちが勢ぞろいして見送ってくれた。

「貞さん、楽しかったわ。また寄ってね」

「まだ、仕事はいいじゃない、もう少しいておくれよ」

定番の送り言葉を背に受けて、不安で紙のように白くなった顔をうつむかせて遊郭の門を出た。ふらふらと歩いていたが、しでかしてしまったことの解決策が思いつかず、道端の大石の上にへたり込んで座ってしまった。

しばらく思い悩んでいると、うつむいた目線の先の地面に、赤い下駄をはいたかわいい足がとまった。

「貞さん、大丈夫？　お金使いこんじまったんじゃないかい」

一番親しく相手をしてくれた遊女のお絹が、貞三郎の状況を察し、心配して追いかけて来てくれた。

「な、何を言うんだ。私は大丈夫だよ。しばらく遊びすぎて、久しぶりに歩いたらちょっと、暑さにやられてふらついただけさ」

「いいえ、それは嘘でしょ。酒の仕入れに来たと言ってたじゃない。その仕入れのお金を使いこんじまったんでしょ。一人で悩むとつらいよ。私に何ができるわけじゃないけど、博多の人間だ、貞さんよりいくらかってがあるよ。ほんとのことを打ち明けておくれよ」

気がつくと、貞三郎は顚末《てんまつ》を話してしまっていた。

「世間知らずんまんま田舎から出ちきて、博多のまちの空気に流されっしもた。三十両持っちきた金が半分になっしもた。こん金額じゃろくな酒が買えんとじゃ。どんげすりゃいいっちゃろか」

お絹は小ぶりな顔の眉間にしわを寄せて考えていた。

「一番は残りの金で買えるだけ買って、帰って謝ることだろうね。だけど、それができないんだろう?」

「そうなっちゃ、こんまま父に謝ってん、もう二度と信頼しちくれんじゃろう。みんなん馬鹿んされっしまう」

お絹は腕組みをし、首をかしげて何か思い出した。

「そういえば、長崎に行けばオランダの酒が異人から直接、安く手に入るって、聞いたことがあるよ。それに、博多で味噌を仕入れて行けば、長崎で売れて仕入れの金も少しは増えるんじゃないかい? オランダの酒を仕入れて帰ったら、みんな感心するかもしれないよ」

名案に思えた。遊女の聞きかじりの知恵だ、うまくいく保証はないが、それでも何もないよりいい。貞三郎は道端の石から立ち上がると、お絹の細い手をしっかりと摑んだ。

「お絹さん、それじゃ。いいこつ教えてくれた。必ずいいオランダの酒を仕入れて来っぞ。長崎ん帰りにまた寄っからね。そん時にきっとこのお礼するよ」

「お礼なんていいよ。貞さんがうまくいくことを祈ってる」

貞三郎は、立ち上がるとしっかりした足取りで、港に向けて歩き始めた。

三、長　崎

十五両の金で味噌を五十樽ばかり仕入れ、船に積み込むと長崎に向かった。少し高い気がしたが、

「博多特産の名物味噌だからこれが適正だ。よそに持っていけば倍の値で飛ぶように売れる」

と、店主に太鼓判を押され信用した。

長崎に着いて驚いた。長崎は博多と正反対の街並み。山にへばりつくように建物が密集している。平地は延岡より狭い。滝のような勢いの川が湾に注いでいる。不思議な雰囲気に包まれていた。赤い支那風の提灯が夜もまちを照らし、竜や虎の彫刻をあしらった派手な門構えの店が並んでいる。筒袖の、てかてかとした生地の、胴の前面に留め具が並んだ帯の無い服を着て、

三つ編みの髪を長く背にたらした支那人が歩いている。とかく、赤や黄色があふれている。残念ながら、オランダ人らしき者を見つけることはできなかった。

博多で仕入れてきた味噌を早く売らないといけない。しかし、どこで売っていいものか、とんと見当がつかない。初めての長崎。なじみの商人も無く、自分の信用もない。とりあえず味噌を港の蔵にあずけて、ひと樽だけ担いで料理屋や商店を飛び込みで回った。

「博多名産の味噌です。買ってください。五十樽三十両でいいです」

慣れない売り込み。商品の説明もほとんどできず、値段交渉のやり方も知らない。商店では足元を見られた。

「五十樽十両だね、それでよければ全部引き取ってやるよ」

もちろん、これからが値段交渉なのだが、貞三郎はまともに受けて引き下がってしまう。料理屋では少しだけ利益の出る値段で買ってくれるところもあったが、一日廻って二、三樽しか売れない。

八月の暑さも気になった。早く売らないと味噌の味が変わってしまう。炎天下、樽を担いで坂道を歩き回る辛さに、三日目で音を上げた。残っていた四十樽を相手の言い値で売ってしまった。十五両で仕入れた五十樽の味噌は、結局十両にしかならなかった。また五両目減りした。途方に暮れた貞三郎は、あろうことかまた遊郭に逃げ込んでしまった。長崎丸山遊郭。博多は日本三大美人だが、丸山は日本三大遊郭といわれている。

すっかり馬鹿遊びする放蕩《ほうとう》息子とみられることに慣れてしまった貞三郎は、恥じることなく羽目を外した。

「花魁《おいらん》を呼べ！　酒は樽で運んでおけ！　今夜はみんな寝ちゃあいかん！」

連日夜明かしで遊び続けた。


幾晩か過ぎると、少し妙なことに気付いた。遊女たちを呼んでも集まらない晩があった。どうも外に出かけているようだ。そもそも、遊女たちの身なりがおかしい。

「吉原のきっぷ、島原の器量、丸山の衣装」と言われ着物の華美なことが特徴とされていたが、派手なだけでなく、どこか日本的でない、支那と南蛮のまざった違和感がある。

それもそのはず、丸山遊郭の遊女は鎖国中の日本で唯一、出島と唐人町に出入りして異人を相手にすることを認められていたのである。

遊女たちは、オランダ人から、海の外の世界の話題を漏れ聞いていた。出島の外でおおっぴらに話すことは憚《はばか》られていたが、貞三郎がしつこく聞くとぽつぽつ話してくれた。

「オランダから海を南に下ると、真っ黒な肌の土人が住む大きな国があって、そこは、象や麒麟や獅子がいる暑い所で、その南を廻り込んで北に上がると、天竺《てんじく》があるってことです」

「天竺から東に進むと支那、日の本はさらに東の端っこの島国っていってました」

「南蛮の新しい船には大きな缶《かま》があって、火を焚いて湯気を上げて、その湯気の力で進むんだそうです」

「その湯気の缶で、機械を動かして織物をするっていってました」

「言葉がはっきり通じるわけでもないし……。鉄の荷車が馬にもひかれずに一人で走るとか、天竺と支那は南蛮人にやっつけられてしまったとか、嘘ばかり言うんでどこまでほんとか知りませんけどね」

貞三郎は無意識に首から下げた守り袋のギヤマンを握りしめていた。

（湯気の缶ってなんだ？　支那や天竺の先から一年もかけてここまで来るって嘘だろう？　そもそも何のためにそんなに遠くからやってきて商売するんだ？？）

頭の中は疑問だらけだ。酒を飲むのも忘れて、花魁がいることさえも忘れて、想像上の異国の風景にぽうっとなってしまった。何度目かの花魁の声掛けに我に返って、あわてて盃を持ち直した。

現実を忘れて、丸山遊郭で溶けたような日々を続けた貞三郎だったが、自分が忘れていても、現実はいやおうなく襲ってくる。

「お客さん、ここに泊まってもう一月《ひとつき》にもなります。そろそろお代を頂けますか」

貞三郎は、懐の十両を一枚ずつ、将棋の駒を並べるように畳に置いていった。

「残りはいつになりますか？」

女将の言葉にまともな返事ができない。

「これで全部……」

「へっ、あんだけ遊んで、これじゃ全然足りんばい」

女将の声が荒くなる。

「ないものは、しょうがない」

開き直る貞三郎は、身ぐるみはがされ路傍に叩き出されそうになった。

「ま、待っちくれ、ここにゃ親戚も知り合いもおらんってす。捨てられっしもたら死ぬしかねえってす。勘弁しちください」

見えも外聞もなく道端で手をつく貞三郎にほだされて、女将は、

「足りん分は、働いて返すとばい。いつまでかかるか知れんが、下足番でもしな」

と、言ってくれた。


（俺は何をしてるんだ）

博多についてからの転落劇、延岡の父母のことを冷静に考えていると、死にたくなる。何も考えず、運命とあきらめて、成り行きに身を任せとりあえず生きることにしがみついてきた。遊郭《ゆうかく》での仕事はいくらでもあった。客の下足番、酒器の片づけ、行灯《あんどん》の準備、布団敷き、襦袢の洗濯、などの簡単なものから、梅毒を患って死にかけている女郎の下の世話や、暴れる客からの殴られ役、新人女郎の監禁・慰撫などの過酷なものまで、思考を止めて、目の前の仕事を片付けた。

一つだけ、興味をひかれた仕事があった。花魁を出島まで送迎すること。男の自分は出島に入ることはできないが、花魁を送り、宴が終わって出てくるのを門の外で待った。冠木門《かぶきもん》の外から、出島の中を窺《うかが》うだけで、心がざわついた。港に停泊した南蛮船を見ていると、臍《へそ》の辺りがぞわぞわとして落ち着かない。胸の守り袋を掌で転がしながら、飽かずに船と出島を眺めていた。

（逃げたい）

何からということではない。強いて言えば、修復不能に崩れてしまった自分の人生から、逃げたい。延岡に帰ってやり直すことはあきらめた。博多の仕事から逃げ、長崎での失敗から逃げ、故郷から逃げてきた。逃げることが癖になりつつある。

（あのオランダの船に乗ったらすべてのしがらみから逃げられるっちゃねえどかい）

一度頭をよぎったその考えは、蜂を誘う蜜のように貞三郎の心を惹きつけた。繰り返し考えるうちに「逃げたい」が「行きたい」にすり替わり、もともとオランダへの憧れをおぼろげに持っていたことも手伝って、

（私は、オランダへ密航するために延岡を出奔《しゅっぽん》したっちゃ。オランダへ行くために、故郷を捨てて長崎まで来たんじゃ）

と思い込むことに成功した。失敗を忘れて、目的をすり替えることで、精神を立て直した。

真剣に、鎖国破りの方策を考え始めた。

オランダ人の中でも船長の協力がなければ、潜り込んでもすぐバレるだろう。オランダ船の船長に密航したい思いを真剣にぶつければ、もしかしたら、受け入れてくれるかもしれない。もちろん、思いを疑われて番所に突き出されればすぐに捕縛されることになるだろうが、もともと、人生落ちるところまで落ちた。牢に入れられることが何だ。一か八かぶつかってみてもこれ以上悪くはなりようがない。

しかし、オランダ船の船長にどうやって近づけばいいんだろう。オランダ人は出島から出てこないし、花魁を送ってきても門をくぐることもできない。また、遊郭の下足番の立場ではオランダ人に信用してもらえるはずがない。

四、若山健海

道が見つからず、思い悩む日々が続いた。花魁の出島送迎をしているうちに、何度か日本人が出島に出入りする様子を目撃した。多くは長崎奉行所の役人だが、明らかに違う服装の人物がいる。それとなく出島の門番に聞いてみると、

「ああ、あれは紅毛流《こうもうりゅう》の医者、若山健海《けんかい》先生だ。医者は出島でオランダ人医師と交流することが認められておるんだ」とのこと。

これだ！　と思った。医者の弟子としてなら出島にも入れるし、オランダ人にも信用してもらえるだろう。あの、若山医師に弟子入りを願ってみよう。

そう決心したら話は早かった。遊郭の仕事は、ツケを働いて返すというタテマエであったが、実際は、行き場のない貞三郎を布団部屋に住まわせてやる代わりに、仕事を手伝わせるということであり、貞三郎が居場所を見つければ、かえって厄介払いできて喜ばれる。自由な身分であることが、貞三郎の最大の武器だ。

若山医師の住まいは、出島から少し南に下った大浦海岸にあった。

「蘭学に触れたいんです。日向の商人の息子ですが、蘭学を学ぶために出奔してきました。

長崎に出てきていろいろ苦労しましたが、どうしても向学心がおさえがたく、若山先生におすがりする次第です。給金などいりません。下男、荷物持ちでかまいませんので何卒ここにおいてください」

三和土《たたき》に頭をこすり付けて必死に請い願った。

若山健海は自身大変な苦労人である。武蔵国川越藩所沢の農家の出。江戸の生薬屋に奉公して傍ら漢学を学び、志を立てて、遠路長崎に来て西洋医学を学んでいる。この翌年、日向で日本初の種痘《しゅとう》を行うなど、進取の精神に富んだ人物である。

貞三郎の捨て身の請願に、心を動かされた。

「よかろう。お主も退路がないのであろう。その切羽詰まった気持ちはよく分かる。楽な道ではないが、覚悟を決めてここで励んでみよ」

どうにか細い糸にすがりついた。

健海の医院を手伝い、貞三郎は必死に働いた。博多以来の逃避癖、怠け癖はすっかり封印した。人が変わったようにまじめに働く。

健海の身の回りの世話にはじまり、看護、往診の荷物持ちもこなし、夜はオランダ語を猛勉強する。健海は下戸なので、酒を遠ざけることにも好都合で、すさんだ精神も徐々に立ち直っていった。

元々、道を見つけるとそれに専心する資質を持っていたのであろう。これまでは、自分が何をすべきかわからなかったので、迷い続けていただけだ。

三月《みつき》も働くと、すっかり健海の信頼を勝ち取った。

「貞、お主を拾って正解であったな。これほど熱心な弟子は、求めても得難い。怪我の処置も必要な薬も、儂が指示せずともわかるようになった。それに、たった三月で蘭学書もずいぶん読めるようになったのではないか。語学の習熟は才能だ。お主には飛び抜けた才能が眠っていたと見える。それを活かすようにしなさい」

貞三郎は、ここだ！　と思った。

「健海先生、私のようなものを拾って可愛がっていただきましたこと、心から感謝いたします。潰《つい》えかけていた私の人生を立て直していただいたこと、どのように感謝すればよいかわからないほどです」

「よいよい、儂がお主を救ったのではない。お主が自分の力で這い上がったのだ」

「先生は、私に語学の才能があるとおっしゃってくださいました。実は、そのことについて、打ち明けたい願いがございます」

貞三郎は、一層神妙な表情をつくって話を続けた。

「国禁にも触れる話ですので、かなわないことであればこの場で叱り飛ばしていただき、お忘れください。実は、私の子供のころからの大望は、蘭学者、蘭学医になることではなく、ただ『日本の外の世界を見たい』というものです」

胸に下げた守り袋を開いて碧のギヤマンの玉を取り出した。

「幼い時分、船乗りからこの玉をもらいました。オランダの品だというこの玉を、肌身離さず持ち、海の外を夢見てばかりおりました。恐ろしい国禁破りは承知しておりますが、どうしても、外に出てみたいのです。オランダ語を少しかじって、さらにその思いを強くしました。出国に挑戦できさえすれば本望です。先生にご迷惑はかけません。私の身元は誰も知りません。見つかっても口を閉ざしておれば他に累《るい》は及びません。どうか、私を連れ出してくれそうなオランダ人をご紹介いただけませんか？」

健海は目を見開いて身を乗り出した。

「お主、その考えにどれほどの覚悟がある」

「身命を賭したいと思っております」

「よし、鎖国破りはすべての蘭学者の秘めた願いだ。南蛮の風物に興味があるからこそ蘭学をやっているんだ。しかし、蘭学者となれば勝手に身分が付いてくるし、幕府の監視も厳しくなる。そのため、立場を捨てて鎖国を破る覚悟を誰も持ち得ていない。だが、お主はまだ蘭学者ではない。ここでいなくなっても、幕府は気に留めないだろう。お主ならできるかもしれん」

立ち上がった健海は医院の診療室としている六畳の間を、腕組みしてぐるぐると歩き回り始めた。

「今、出島に入っているオランダ商人ゼーモウスは、日の本の文化に強い興味を抱いている。意欲のある若者が好きで、秘密を呑み込む懐の深さも感じる。彼ならお主の願いを聞き入れてくれるやもしれん」

辺りをはばかって小声でつぶやきながら考えていた。

「ゼーモウスは八月に入港したから、そろそろ滞在が五カ月になる。出航が近い……」

足を止めた健海は、貞三郎の肩を摑んだ。

「よし、明日出島に往診に行くぞ！」

「明日……」

貞三郎は絶句した。急展開だ。長崎に来てからめまぐるしく状況が変わる。何かに仕組まれていたかのように感じる。このギヤマン玉が自分を導いているのかもしれない。

五、出国

治療器具の入った風呂敷包みを背にして、健海に付き従って出島の橋を渡った。冠木門をくぐりながら、長崎奉行所の番人に顔を覚えられないよう気を殺した。目立たないことは貞三郎の昔からの特技だ。うつむいて口を利かないだけで、誰も貞三郎のことを気に留めない。

ゼーモウスは赤ら顔、巨躯の四十男。洋館の中で小ぶりな椅子に窮屈そうに坐っていたが、健海が入ってくると勢いよく立ち上がり、両手を広げて抱きついた。相撲の鯖折《さばおり》のように健海の背を締める様子に、貞三郎は度肝を抜かれた。健海を離すと、貞三郎に右手を突き出した。殴られるのかと思い身をすくめる貞三郎に、健海は耳打ちした。

「手を握り返すんだ。南蛮の挨拶だ」

恐る恐る、突き出された手を摑むと、貞三郎の倍は大きな掌で力強く握り返された。

「ゼーモウス殿、内密な話があります。ここで大丈夫ですか?」

「ケンカイサン、この部屋の秘密はもれないね」

「よし、この前会った時、あなたは日本土産をしきりに探していたと思いますが、見つかりましたか?」

「センス、サケ、ウキヨエ、カタナ、いっぱい買ったね」

「そんなものは、これまでもみんなが土産にしました。折角一年もかけて帰るのですから、もっと大きな、変わったものを持って帰る気はないですか」

健海は、委細《いさい》ありげな上目づかいでゼーモウスを見た。

「……それはなんですか」

「この男です」

健海は声をひそめた。

「この男は、貞三郎といって蘭学医見習いだ。しばらく私が仕込んだので、オランダ語も少しできるし、よく働く。何より、南蛮に強い興味を持っていて、身寄りがないのでいなくなっても気づかれない。私が保証するから、この男をオランダに連れ帰って、日本の話を直接語らせるといい。あなたの覚悟次第で、幕府に知れずに貴重な土産を手に入れられるのですよ」

「これまで、誰もできなかったことです。興味はありますが、ホントに大丈夫なのですか？」

「今言ったように、貞三郎は、黙って国元を出てきているためどこで消えても、誰も気づきません。あと一刻すれば、出島の門番が交代します。儂が独りで帰っても怪しまれません。貞三郎を樽にでも入れて、荷物として運び出しなさい。覚悟を決めているので決して逃げ出さず、音を立てたりしません。すぐに出航すれば、露見する道理はありません。どうですか、ちょっと冒険してみませんか」

ゼーモウスはニヤリと笑った。

「冒険、とっても興味あります。それに、日本の普通の若者と、とても話をしてみたい。いいでしょう、彼をオミヤゲにします。ちょうど、三日後が出航予定でした。荷積みはほとんど終わってるので、明日にでも、風が良いとでも言って出航させましょう」

ゼーモウスはもう一度貞三郎に手を突き出した。

「ヨロシクオネガイシマス」

貞三郎は、今度はためらわずゼーモウスの手を握り返した。


貞三郎は、樽の中で三日耐えた。日本近海では何があるかわからないので、隠れ続けた。三日後に甲板に出た貞三郎は、見たことのない海に驚いた。琉球の近くだというその海は、薄い緑色で、透明で、深いはずの海底の白い砂まで強い日差しがふりそそいでいた。

あわてて、胸の守り袋を開き、ギヤマンの玉を取り出すと見比べた。

「こん色じゃ！　やっぱり、こん玉が、私をここに連れ出したとじゃ！」

ものすごい開放感を感じて、空を仰いで反り返ると、船が揺れて甲板にあおむけに倒れた。視界いっぱいの南国の空にギヤマン玉をかざして、いつまでも飽かずに眺めていた。

第二章

外《そと》の海へ

一、オランダ式

貞三郎は、オランダへ向かう船の中で、オランダ語の会話をほぼ完璧にした。若山健海が見抜いたとおり、飛び抜けた語学の才能を示した。

ゼーモウスは凄腕の商人で腕の良い船長だった。操船と商売に興味を示した貞三郎に、一からオランダ式の職業教育を施した。

——船は追い風を受けると一番効率がいいが、向かい風を受けても進むことができる。例えば、風に対して右舷を斜めに向け帆を船体に沿って真横に張る。帆にあたった風は方向を変えられ右後ろに流れる。その力を利用して船は斜めに切れ上がることができる。当然進行方向に対して左斜め方向にずれて進むので、ある程度行ったら帆を調整して今度は左舷を斜めに向けると今度は、右斜めに進むので先ほどのずれが修正されるのだ。こうやってジグザグだが前に進む。

——風向きによって、細かく操船するために、西洋船には何種類も帆が付いている。外洋航海には横帆が効率よく風を受けるので適しているが、微妙な操船が必要な近海では縦帆が必要だ。両方を備えている船が主流だ。しかし、近年開発された蒸気船は、風を受けずに自ら進むことができる。これからの船はまるで形が変わってくるのかもしれんな。

――貿易の基本は、安く買って高く売ることではない。高く買っても、もっと高くで売れる場所に持っていけばいいんだ。

――肝心なのは、船倉を空けないことだ。移動するときに荷を積んでいれば、長い航海中、どこかで高く買ってくれる場所に行き当たるだろう。長期の航海では何カ所もの港を経由する。それぞれの港で高く売れるものを記録しておけば、計画的に売りさばくことができる。

――それに船は荷を十分に積んでいないと喫水が浅くなり不安定になる。不足分は水やバラストで調整するが、労力もスペースも無駄に使うことになる。

――高く売れる見込みで商品を仕入れて来ても、長い航海の間に本国で荷の値段が暴落して大損することもある。そのリスクを軽減するために、半分を出航前に売るんだ。商品をいくらでいくつ仕入れてくると約束して前金で受け取る。暴落した現物を自分で売って損をしても、事前に半分を売っておけばその分の利益は確保できる。まあ、逆に値段が暴騰していれば、自分の儲けが目減りするんだが、先買いした相手は大もうけできる。そのうまみがあるからこの商売が成り立つんだ。

オランダ式の商売、操船の説明は、極めて合理的で貞三郎は毎日目からうろこを落とした。

西洋は、こんなに進んでいるのか！　船の性能が優れていることはもとより、いろんな情報を一商人《いち》が把握して、常に新しい商売を考えていることに驚かされる。狭い島国の中で、限られた情報しかなく、旧態依然とした博打のような商売を繰り返している日本の現状を見ると、西洋のやり方をほんの一部でも取り入れれば、大儲けできること間違いない。

父、幸藏の思惑とは全く違った形で、初めて商売に関する野心が生まれた。

二、西洋体験

ゼーモウスの船は琉球、上海、バタビア（現ジャカルタ）、セイロンを経由してインド洋に至る。南に行くほど住民の肌が浅黒くなる。インド人などは墨で顔を洗ったかのように真っ黒で、彫が深く、ギョロリとした白目が恐ろしい。貞三郎にはとても自分と同じ人間には思えない。インドを過ぎてアフリカに行くと、もっと肌が黒く漆を塗ったようになるという。

港には必ず、オランダ語を話せる現地人がいた。どこの港でも、日本人だと言うと珍しがられた。

「日本ではみんな頭を剃ってるのか？」

髷頭《まげあたま》を不思議がって尋ねられることが多い。答えるのが面倒なので、月代《さかやき》に剃るのをやめ、毛が伸びるまで帽子を被ることにした。髭を伸ばしているものが多いので、あごひげを抜くこともやめて伸びるに任せた。船上の生活で肌も焼け、小柄な背は隠せないが、髭と帽子で日本人らしさはまったくなくなった。

それにしても暑い。筒袖のシャツと、股引《ももひき》のような服は、和服に比べて動きやすいが肌触りが慣れなかった。食べ物が肉ばかりなのにはすぐ慣れた。何週間も寄港しないことがあり、水が悪い。塩っ辛い塩漬け肉を酒で流し込む日々。塩コショウばかりの味付けに飽きると、商品として仕入れて来た酢と醤油を使って、自分で和風の調理を行った。もともと酢屋の息子だけに、調味料の遣い方がうまい。

塩漬けの豚肉を薄い塩水につけて脱塩し、酢にしばらく浸して臭みを抜きやわらかくする。塊肉を、醤油と砂糖を混ぜたたれに漬けながらじっくり直火であぶった。焼きあがったものをごく薄くそぎ、塩を軽く振りかけた。

薄切りの肉が食べやすい。また、薄味の肉に醤油の風味と酢のさわやかな酸味、塩と砂糖の甘辛さを加え、オランダ人が誰も食べたことのない複雑な味に仕上げた。自分の分だけ作って旨そうにつまんでいると、醤油の焦げた香ばしい香りにつられて、船員たちが集まってくる。

「おい、何食ってるんだ。うまそうじゃねぇか」

「日本式の料理だ。カバヤキの一種だね。食ってみるかい」

求めに応じて、船員にもふるまうと、これが大評判になった。

「今度から、全員の分を作れよ!」

「スやショウユはいつも日本で仕入れて来てたが、こんな風に使うんだな。初めて知ったよ」

料理の上手い日本人として、船員たちにも受け入れられた。何が身を助けるかわからないものである。オランダ人ばかりの船内に自分の居場所を作ることに成功した貞三郎は、日本を逃げ出した後ろめたさをすっかり忘れることができたのだった。


灼熱の海を航海する日々が続く。頭の直上で桶をひっくり返したような豪雨。船のマストよりも高い大波に木の葉のようにゆすられる恐怖。気の荒い大男たちに怒鳴られる毎日。優柔不断で目立たず線の細い昔の貞三郎では、とっくに音をあげてしまいそうな旅程だったが、日本を出てすっかり人が変わっている。社交的になり、積極的に周囲の事物を学び吸収した。小男なのは変えようがないが、日に焼けてちょこまかと活発に動き回る貞三郎は、「マシラ」とあだ名されるようになった。

日本にもたびたび寄港している船員たちは、ニホンザルの姿を貞三郎に重ねて呼び名をそのまま使った。

「マシラ、そのいつも首から下げている袋には何が入ってるんだ」

あるとき尋ねられ、ギヤマン玉を取り出して見せる。

「子どもの時船乗りからもらった。オランダのものだと聞いているんだが、何だか知ってるかい」

船員たちは異口同音に笑いながら答えた。

「さあて、なんに使うもんかはわからねえな。ただ、形の悪いガラス玉を大事に持ってるヨーロッパ人はどこにもいねえよ。子どものおもちゃのたぐいだな」

「しかし、マシラがそんなに長く大事にしてるなら、もっとかっこよくしたらどうだ。セイロンの港は宝石で有名だ。ガラス球でも適当に加工してペンダントか何かにしてくれると思うぜ」

いいことを聞いた。

セイロンに着いた貞三郎は、早速、宝石店でギヤマン玉を胸飾りに加工してもらった。細かい彫刻を施した銀細工の爪で玉が外れないように固定して革ひもをつける。誇らしげに、服の表に出して下げてみた。

インド洋を過ぎ、喜望峰を回り込んだゼーモウスの船は、象牙海岸を北上し、ジブラルタル海峡の沖を過ぎる。一月に長崎を出て、暑い海をずっと航海してきたが、ヨーロッパに近づくと、一気に気温が下がってきた。それもそのはず、もう十二月だ。真冬の北大西洋は、日本よりよほど寒い。ロカ岬、ビスケー湾、ドーバー海峡を通過して、雪のアムステルダムに到着した。

レンガ造りの高い建物が立ち並び、道は石畳である。インドやバタビアで似た建物を見てはいたが、町全体が煉瓦《れんが》の建物で埋め尽くされている光景に度肝を抜かれた。日本では、三階建て以上の建物は、城の天守閣くらいしか見たことがない。ここでは逆に平屋の建物などほとんど見ない。だだっ広い平坦な干拓地に、放射状の運河が張り巡らされ、所々に背の高い風車小屋が建っている。その風景のすべてが、雪で真っ白におおわれている。

貞三郎は、街全体を見渡したくてマストに上ってみた。建物は高いが、土地が低く平坦なため、思いのほか遠くまで見渡せた。雪雲の垂れこめた、くすんだ空の下に広がる真っ白なヨーロッパの街並みは、博多より、長崎より、インドより、アフリカよりずっと刺激的だった。直線で形作られた街並みは静謐《せいひつ》で、それでいて力強い人間の営みを象徴していた。

「オランダじゃ！　これがオランダじゃ！　俺は遂にここまで来た!!、大名も、将軍も、天皇も、誰もできんかったこつをやったんじゃ、こん俺が！」

日本を逃げ出してきたことは、最早一点の心のくもりにもなっていない。運命に流されるままにたどり着いた場所であったが、一年に及ぶ大航海の間に、貞三郎の心には主体性が生まれていた。長崎にいたころの自分とは外見も中身もすっかり入れ替わってしまったかのようだ。

マストの天辺《てっぺん》で、両手を天に突き上げて、凍りつくように冷たいヨーロッパの空気を胸いっぱいに吸い込んだ。

貞三郎はゼーモウスの船から降りなかった。

日本から帰ったのちも、ゼーモウスはヨーロッパ各地の港を廻り、貿易を続けた。アムステルダムからオスロ、ロンドン、カレー、リスボン、バレンシア、ジェノバ、シラクサ、アレクサンドリア、イスタンブール……。貞三郎は船の上で航海術、機関術、造船術を学び、貿易にも精通していった。

日本を離れて四年、ヨーロッパに着いて三年が過ぎた。ゼーモウスの船は、久しぶりに母港であるアムステルダムに戻ってきていた。

春のアムステルダムは、運河の水辺に色とりどりの花が咲き乱れ、格別に美しい。近年は、運河が凍りつくような寒い冬が続き、なおさら、街は春の喜びに満ち溢れている。貞三郎は、アムステルダムでの棲家に借りている風車小屋の二階から花畑を眺めて暮らし、つかの間ながらオランダの春を満喫していた。

春風に吹かれながらワインを含む。窓枠をテーブルがわりにして料理を並べた。

クロケット。酒場の主人から作り方を聞いて試してみた。小麦粉とバターを熱々のコンソメスープで延ばしながらよく捏《こ》ね、炒めた挽き肉と刻んだパセリを混ぜ込み、小茄子くらいの棒状に形作った。泡立てた卵白を棒状のたねに纏わせ、細かいパン粉を振りかけて、ラードで揚げた。

バターの香りが濃厚な揚げたてのクロケットは、さっくり、とろりとして、あられをまぶした蕎麦がきのようだとでも言うしかない。日本食には全くない食感だ。ラードとバターのこってりとした味が、赤ワインによく合う。貞三郎は、体の内側からオランダ人になったような気がしていた。

桜咲く日本の春を懐かしく思わないと言ったら嘘になるが、この美しい風景と自由。船乗り仲間に信頼されている今の生活は、最高に居心地がいい。

三、帰国へ

ゼーモウスから商会の事務所に呼び出しを受けた。貞三郎は、次の航海への期待に胸を膨らませながら、笑みを浮かべて商会の扉をくぐった。ゼーモウスは、机に東洋の地図を広げて待っていた。

「マシラ、お前もすっかりいっぱしの船乗りだな。北海も大西洋も地中海もわが庭のように操船できる。あと何年か経験を積めば、小さな船なら船長になることも夢じゃないな。お前の成長を心から誇りに思うぞ」

ゼーモウスは目を細めた。

「ところで、そろそろ資金にも目途が付いたんで、また日本に行こうと思っている。お前からいろいろと聞いたんで、今回はいい取引ができると期待してるんだ」

貞三郎はためらいを感じた。

「ゼーモウス船長、私は日本では国禁を犯した罪人です。長崎で日本人であることが発覚したら、有無を言わさず捕縛され、親族にまで累《るい》が及ぶ可能性もあります。日本の生活や親を懐かしく思いますが、今は、恐れの方が先に立ちます」

「マシラ、お前の気持ちもよく分かるが、ここで過ごす時間が長くなればなるほど、日本に帰るのは難しくなるだろう。今がいい機会ではないか。とりあえず身分を隠して長崎に入り、様子を窺ってみようではないか。今の風体であれば誰も日本人とは疑わないさ」

ゼーモウスの言うことはもっともだった。このままヨーロッパで船に乗り続けても、居心地はいいがその先につながらない。逃げ出した故郷に向き合わないと、いつか大きな後悔をすることになる。今こそ、弱かった自分を克服し成長した自分を証明するときだ。

目を落として、胸に下げたギヤマン玉のネックレスを見つめた。

「わかりました、日本に帰りましょう」

覚悟は決まった。


ゼーモウスは帆走スループ船二隻の船団を組んだ。蒸気機関は実用化され、貞三郎も扱いを承知しているが、この時〈一八五二年〈嘉永五〉〉蒸気船は最新鋭、日本への航海に使ったものはまだいなかった。

アムステルダムから長崎までは帆船で一年近くの航海を要する。春に出航し、大西洋を南下、アフリカを廻り込みインド洋に至る。セイロンの港に入った時には年を越していた。ここまでは比較的順調な航海である。

セイロンで不穏な噂を聞いた。

アメリカのペリー提督が、日本の開国を求めてアメリカ大陸東海岸にあるノーフォーク港を出港したようである。軍艦で直行しているのでどこかで追いつかれるかもしれない。ゼーモウスは少し慌てていた。

「アメリカは以前から、日本との交易を独占してきたオランダを警戒している。儂らの船も追いつかれると何か妨害を受けるかもしれない。天候が心配だが出航を急ごう」

セイロンからベンガル湾、アンダマン海、マラッカ海峡に至る海路は、普段の年であれば、十一月から二月が乾季にあたり穏やかな天候が続くのだが、この年はどうしたものか荒天が多い。大事をとって沿岸航路を進むべきであったが、急ぎたいゼーモウスは最短距離のベンガル湾を横切る航路を選んだ。

はじめ順調に思えた天候が、湾半ばに来たところに急速に荒れ始めた。二隻の船団。ゼーモウスの船が先行し、貞三郎は後ろの船に乗っていた。水平線に、黒雲が灰神楽《はいかぐら》のような勢いで広がっていく。近辺に避難できる陸地はない。

「面舵いっぱい、黒雲を避けろ！」

緊迫した指令が飛ぶ。鋭く転舵した二隻は、強風の助けを借りてギリギリのところで嵐を避けられるかに見えた。

「竜巻だ!!」

マストの上の見張り台から絶叫が聞こえた。稲妻煌《きら》めく黒雲の下の水面から竜巻に巻き上げられた水柱が昇っていく。

ゼーモウスの船は吸い寄せられるように竜巻に向かい、竜巻も船に向かって真っすぐ進んできた。両者のスピードが合わさって衝突は瞬間的に起こった。メインマストが折れ、甲板から船員が吸い上げられる。直径百メートルはあるかに見える大渦に、木の葉のように巻き込まれるゼーモウスの船を、貞三郎は後続の船から呆然と見ているしかなかった。

ゼーモウスの船を襲った竜巻は、発生した時と同じく突然消滅した。黒雲も離れていく。貞三郎の乗る船に目立った被害はない。ゼーモウスの船は甲板上の構築物が取り払われ、見る影もない。どうにか沈まずに漂っているが、喫水が下がり傾いている。いつまでもつか。

間髪入れず、ボートに取りついた貞三郎は、まだ波高い海に一番に着水した。必死にオールをこぎ、ぼろぼろの舷側《げんそく》にたどり着くと、マシラの異名どおり、猿のように縄梯子をかけのぼった。

「船長！　ゼーモウス船長！」

返事がない。

「誰でもいい、声をあげてくれ！」

甲板はイナゴの大群に襲われた田圃のようになって、誰もいないことは一目瞭然だ。屋根の吹き飛んだ船室のドアを開け、甲板下に続く階段を探す。瓦礫でふさがって進めない。瓦礫をどかす道具を探して甲板に戻ると、海からかすかな声が聞こえた。

「ここだ、海に落ちた……」

海面を見ると折れて漂うマストに取りついて、三人の男たちがいた。貞三郎の側からは船の裏側にあたり、甲板に上がるまで海上の様子が分からなかったのだ。船室の捜索を後続のボートから来たものに任せて、貞三郎は再びボートに戻る。縄梯子を下りるのももどかしく、海に飛び込んでボートに這い上がった。腕も折れよとオールを漕いで船を廻り込むと、マストに取りつく船員たちを一人ずつ引き揚げた。

「船長を知らないか?」

息も絶え絶えな三人に聞く。

「海に落ちてからは見てないが……。竜巻に襲われる直前、船長は甲板で舵を取っていた……。みんな飛ばされた……いるなら海の上だ」

海に浮かぶ船の残骸を一つひとつ探す。背後で叫び声が上がって振り返ると、ゼーモウスの船がずぶずぶと海中に飲み込まれるのが見えた。捜索していた船員たちが慌てて海に飛び込んでいる。

捜索隊がなんとか難を逃れたことを確認し、残骸の捜索を続けた。

しばらく捜索し、あきらめかけた時、漂う船室のドアに横たわるゼーモウスの姿を見つけた。

「船長!」

意識のないゼーモウスの頬を張り、腹を圧すと「ゴボッ」と水を吐いた。何とか息はあるようだ。貞三郎の船に担ぎ込んだ。

「マシラ、私はアメリカにあせって判断を誤ったな。しかし竜巻とは……悪魔に魅入られたかのようだ。しかし、お前にはまだ幸運が残っている。一隻は無傷ではないか、私がどうなろうと、お前は必ず日本に送り届けると誓うよ」

貞三郎にとって、ゼーモウスは唯一の身内、父親のような存在だ。力のない手を包むように握り、回復を祈った。

「私は、日本に帰れなくても何とか生きていけます。そんなことより、何としても、あなたに回復してもらいたい。私に幸運が残っているのなら、それをあなたに使ってほしい」

ゼーモウスの船は積荷もろとも沈没、乗員はゼーモウスを含む五名が救助され、二十五名が船と運命を共にした。

第三章　日本――逃避行

一、帰　国

ゼーモウスは何とか上海《しゃんはい》まで小康を保った。三月になっていた。ペリーの艦隊はマラッカ海峡を抜けたとの情報がある。グズグズしていると出島に入れなくなるかもしれない。ゼーモウスの体調は心配だが、間をおかず東シナ海を渡ることにした。

長崎に着いたのは四月三日。貞三郎は二十二歳、オランダ船に雇われた支那人の乗組員という身分を名簿に記入した。五年ぶりの日本は桜の季節を迎えていた。

春霞漂う早朝の長崎湾は、湾外の寒風が山でさえぎられて春らしいぬくもりがあった。時折吹く小風に帆をはらませて、貞三郎の乗ったオランダ船はゆっくりと出島に近づいた。湾に注ぐ大川の支流は花筏《はないかだ》で桜色に染まっていた。

しじまを破って入港を報せる礼砲を九発、梵鐘《ぼんしょう》のように豪発する。遠見番の報告を受けて、早朝なのに身支度を整えた長崎奉行一行が岸壁に待ち受けていた。

貞三郎は緊張を隠せなかった。胸のギヤマン玉をきつく握りしめる。

船に乗り込んできた役人は五人。名簿とつきあわせて乗員の数を数えた。貞三郎の気配を殺す特技が生きる。目立たないように振る舞うと、役人は一瞥《いちべつ》しただけで通り過ぎた。

「出島への上陸を許可する」

程なく上陸許可が下りた。貞三郎は回復しきれないゼーモウスに肩を貸し、タラップを降りた。五年ぶりの長崎の土だ。ブーツの足で踏みしめた。潮風と日光にさらされた茶色がかった髪、鼻髭《はなひげ》と頬髯《ほおひげ》を無造作に伸ばした赤ら顔。シャツのボタンを鳩尾《みぞおち》まであけ、革のチョッキを着て、ギヤマン玉のついたペンダントを下げている。

ゼーモウスを南蛮屋敷のベッドに寝かせる。難破で衰弱しているところに、バタビアの風土病を患ったようで、高熱と下痢が続き、床を離れることができない。

「マシラ、何とか日本にたどり着いたな。これからどうする」

貞三郎は迷わず答えた。

「あなたが回復するまで、この場を離れる気はありません。そもそも、この格好では出島の外に出ることなどできるはずがありません」

「私のことは気にするな。お前は、故郷に帰るべきだ。地続きなのだから何とか方法があるはずだろう。健海医師はどうしている、頼れないのか」

「健海殿は長崎を離れ、日向の山奥で医院を営んでいるようです。連絡が取れません」

「そうか、日向といえばお前の故郷ではないか。山道をそこまで走れば助けてくれるであろうよ。希望を捨てるな」

「私のことなど気にせずに、病を治すことを一番にお考えください」

本心である。ゼーモウスには命以上のものを与えてもらった。身命を賭して恩返しする義理を感じている。

食が細っていくばかりのゼーモウスに、何とか栄養を付けさせようと、貞三郎は知恵を絞った。

軍鶏《しやも》を手に入れると、肉を骨から外し、徹底的に骨を掃除した後、葱、生姜とともに大鍋に入れ、弱い炭火でじっくりと煮込んでいく。沸騰させないように気をつけて、一昼夜鍋のそばを離れずに、完璧に灰汁《あく》と脂を取り除く。鍋を火から外して、自然にスープが冷めるのを待つ。表面に浮いてきた脂を再び取り除き、その下の上澄みを静かに取り分けると、宝石のように透き通った琥珀《こはく》色のスープができた。塩で薄めの味をつける。

再び湯煎してぬるめに温めると、焼きたてのパンの耳を外して添えた。旨味をしっかり残して、肉の生臭さを極限までなくしたこのスープであれば、内蔵の弱っているゼーモウスにも食べられるはず。

「相変わらずマシラの料理は旨いな。このスープ、鶏からつくったとは思えんぞ。これならしっかり食べられる」

貞三郎の全霊を傾けた思いが届いたのか、ゼーモウスはこの料理を完食した。

しかし、貞三郎の料理で回復したように見えたのも束の間、ゼーモウスの病状は結局悪化の一途をたどった。貞三郎の献身的な看病にもかかわらず、ひと月後、危篤に陥った。

「マシラ、私はもう長くない。お前のことだけが気がかりだったが、出島を抜け出す手段を一つ思いついた。私が死んだら、この計画を実行して、必ず故郷に帰ると約束してくれ」

ゼーモウスは貞三郎を枕元に呼んで、計画を打ち明けた。

「危険だが、十分に可能性がある。これに賭けてみろ」

ゼーモウスの状態を悟った貞三郎は、頷かざるを得なかった。

次の朝、ゼーモウスは死んだ。日本人の蘭学医が検視を行い、遺体は檜の棺《ひつぎ》に納められ釘を打たれた。

鎖国以来、長崎で死んだオランダ人は五百名近くにのぼる。約二百年で五百人。航海の途中の数は入れず、長崎で亡くなった人数のみとすると、随分多い印象だ。丈夫な働き盛りの船乗りたちをしても、一年近くかかる日本までの航海は、相当につらいものであったことがうかがえる。

交易を独占する条件として、徳川幕府との約束でオランダはキリスト教と無関係でなくてはならなかった。墓石に十字架を刻むこともできず、葬儀も仏式で行われる。出島で死んだオランダ人は、悟真寺に埋葬されるのが通例だ。葬式を行うためであれば、オランダ人も出島を出ることが許されている。ゼーモウスの棺を担いだ船乗りたちは、夕刻、列をなして湾口を廻る道をたどり、対岸、稲佐山の麓の墓地を目差した。

四尺ほど掘り下げた墓穴に棺を収め、簡単な読経《どきょう》が終わると、辺りは暗闇に包まれ始めた。埋葬は翌日行うこととし、参列者は粛々と墓地を離れた。

二、故郷へ

深夜、ゼーモウスの棺の蓋が静かに持ち上がった。釘は浅く打たれているだけで簡単に抜けた。貞三郎が身を起こした。

ゼーモウスの計画はこれだった。一旦棺に納められたゼーモウスの死体は、船員たちの手によって塩樽に移され船倉に隠された。死体の代わりに貞三郎が納まる。月代を剃り、短い髪で小さく髷《まげ》を結い、髭《ひげ》を抜いて和服に着替えている。

静かに棺の蓋を閉めなおした貞三郎は墓穴の上に顔を覗かせ辺りを窺った。月は沈んで闇夜である。星明かりを頼りに見回すと、墓石が不気味に立ち並ぶばかりで人気のないことを確認して墓穴を這い出た。

あとは、ひたすら北を目差して山に分け入った。闇夜の山中を、つまずきながら手さぐりで進んだ。日が昇ると、隠れ場所を見つけ身をひそめた。しばらくは油断できない。持参した干し肉で食いつなぎ、三日かかって肥前（佐賀）まで出た。そこから肥後（熊本）に下る道は往来が多く、人にまぎれて昼間歩いたほうがかえって安全だと判断した。

熊本城下についたところで少し考えた。熊本から往還《おうかん》を通って高千穂越えを進んでは、番所もあり発見される恐れが大きい。八代《やつしろ》まで下ってから、五木、椎葉を越えて、日向に入ろう。延岡城下を直接目指すのではなくて、東郷の坪谷《つぼや》という村で医院を営んでいる若山健海医師を頼ろう。そこまでたどり着ければ、きっとあとは何とかなる。

八代からは再び山道、夜歩きを続ける。人跡まばらな九州山脈を横断する。人道はたどれないので、山中を星の位置を頼りに進んだ。外洋航海で身に着けた天測の技術を活かして方角は見失わない。

山中を五日歩き、坪谷村にたどり着いた。若山医院は坪谷の一番東の口、坪谷川のほとりに建っていた。新築間もない二階建ての立派なつくり。人目を避けて日が暮れてから門を叩いた。

「健海先生、長崎でお世話になった貞三郎でございます」

玄関脇の縁側から声をかけると、若い女性が現れた。

「貞三郎様ですか、どちらの？」

「満石貞三郎と申します。短い間でしたが長崎で健海先生の弟子をしておりました」

そこまで言うと、中で聞いていた健海が慌てて出て来た。

「貞三郎ではないか、よくぞ生きて戻った」

声をひそめて歓迎しつつ、辺りを見渡してから貞三郎を招き入れた。健海は長崎にいたころから妻帯していたようだ、妻子を置いて長崎に出てきていた。家中には妻と六つ七つくらいの男児が二人、いろりを囲んで座っていた。

「健海先生、いろいろございましたが、無事目的を果たし何とかここまで帰ってくることができました。先生のおかげでございます」

健海は詳しく聞きたいが、子供たちの耳に入る場所で話すと、悪気なく外で漏らしてしまうかもしれないと思い、部屋を変えることにした。

「カメ、貞三郎とゆっくり話したい、二階に上がるので、子供たちを寝かしつけて、茶と飯をもって上がってきてくれ」

階上に上がり、雨戸を閉めて行灯《あんどん》を灯す。しばらく当たり障りのない話をしていると、健海の妻が膳を二つ運び上げ、茶と酒を持ってきた。

カメの運び上げた膳には、懐かしい料理が乗せられている。田舎蕎麦《そば》。干し椎茸の出汁に漬かった十割、引きぐるみの蕎麦切りは、更級《さらしな》蕎麦のような洗練とは程遠い。悪くいえば、ぼそぼそで、箸ですくうとぶつりと切れる。のど越しが悪く、暫く嚙んでから飲み込む。しかし、この田舎臭い黒々とした蕎麦は、谷川の瀬音が聞こえる山間《やまあい》の空気にぴたりと合っている。平地の少ない坪谷や椎葉などの北日向には、山の斜面を利用して焼き畑で蕎麦をつくる文化が根付いていた。もそもそと口いっぱいの蕎麦切りを咀嚼《そしゃく》しながら、貞三郎は強い郷愁にかられて落涙しそうになっていた。

「子供は寝たか。カメ、お前も付き合いなさい」

「貞三郎は酒が良いだろうがあいにく私は下戸《げこ》だ。その分カメが底なしに飲む。近所じゃ『酒がめ』と言われておるよ、カメは秘密を守れる。大丈夫だから何もかも話しなさい」

と言って健海は笑った。

貞三郎は、この五年間の顚末《てんまつ》を細大漏らさず健海とカメに語った。夜明けまでかかって、ほぼ話し終えると、酒の一升徳利が二本空いていた。話すことに夢中で、貞三郎はほとんど飲んでいないので、カメが飲み干したことになるのだが、平気な顔で坐っている。

「ゼーモウス殿は亡くなったのか、残念なことをした。それにしても、それほどの危険を乗り越えてよくぞ生きていたものだ。お前の幸運はカメの酒と一緒で底が知れんなあ」

「南蛮の事物について、もっと詳しく聞きたいが、お前も早く家に帰りたいであろう。ここからは、藩内の移動なので番所もない。もう一晩だけここで寝て、少し下流から高瀬舟が出ているのでそれで美々津《みみつ》まで下りなさい。美々津で海舟に乗り換えれば、大武の港まですぐだ。明日の午後には家に着けるぞ」

貞三郎は、ほっとして久しぶりに泥のように眠った。

若山健海の囲炉裏端に居た長男は、長じて立蔵《りゅうぞう》と名乗る。明治大正期に活躍した歌人で酒仙といわれる、若山牧水の父である。


健海の言うとおり、坪谷から大武までの道のりは快適だった。五月末の爽やかな風に吹かれて、船旅を楽しんだ。

五年を経ていたが実家の「酢屋」は無事そこに在った。正面から暖簾《のれん》をくぐるのはどう考えても敷居《しきい》が高い。裏手に回り勝手口から台所に忍び入った。

「ただいま帰りました」

控えめに声をかけてみる。反応がない。土間を通って店まで進んでみた。気配を感じて番台から振り返った母が固まった。

「貞！」

文机に乗せた手がわなわなとふるえている。

「あなたっ！　ちょっと！」

絶叫に近い声を上げた。

「なんごつじゃ！」

母の緊迫した声を聞いて、父、幸藏が慌てて出て来た。

「貞！」

一瞬凍りついたが、母よりも立ち直りが早かった。つかつかと貞三郎に近寄ると、腕をつかんで再び奥の間に連れて行った。奥に入ると、幸藏は無言で、力いっぱい貞三郎の頬を張った。

貞三郎は、立ったままこらえた。

追いかけてきた母が割って入る。貞三郎にしがみついた。

「よくぞ！　よくぞ生きちょった。怪我はねえとか」

体中まさぐるように触り、貞三郎の無事を確かめた。いつまでも手を離さない。貞三郎がここにいることを触っていないと確信できないようだ。

「博多の遊郭《ゆうかく》で遊びほうけちょったことは分かっちょる。そん後んこつを話せ」

「長い話です。それに、人に聞かれるとまずい」

貞三郎が躊躇《ちゅうちょ》していると、察した幸藏は店を早じまいし、母を下がらせて貞三郎と二人きりになった。

「博多で金を使い込んでしもたので、長崎ん行きました……」

一晩かけて仔細《しさい》を聞き終わった幸藏は、信じられないような冒険譚に驚嘆し、恐ろしい大罪を犯した貞三郎に呆れるとともに、誰もできないことを身一つで成し遂げた我が子を誇らしくも感じた。

「そんで、お前がオランダへ渡ったこつは健海殿の他は誰にも知られちょらんのか」

「はい、誰にも」

「延岡に帰って他のもんに会ったつか」

「いいえ、船を下りて真っ直ぐここん来ました」

「ふむ」

幸藏はどうすべきか思案した。

「お前が博多から戻らんかったから、しばらくして騒ぎになっちょった。儂自ら探しにも行ったし、いろんなつてを使ってお前ん消息を聞いて廻りもしよった。見つからんはずじゃ、日本におらんかったちゃからな」

唇の端をゆがめて苦笑する。

「行方知れずが長げえもんじゃから、近所では、お前はもう死んじょると噂されちょる」

「今更見つかりましたと言ってしもたら、五年の間何をしちょったつか作り話をせんとならん。そんげな長え作り話は、いつか必ず話に綻《ほころ》びが出ちきて誰かん疑わるっじゃろう、藩は庇《かば》ってくるっかもしれんが、ここは天領も近え。もし、幕府に漏れっしもたら、お前だけじゃねえして、儂たちや、健海殿の命も危ねくなる。藩主の内藤様にもご迷惑がかかっかもしれん」

「何かいい手を見つくるまで、誰にも知らせんと、ここに隠れちょけ。決して家の外に出ちゃいかん」

貞三郎は頷くしかなかった。

三、江　戸　へ

退屈な日々が始まった。ひねもす読書でもするしかない。ヨーロッパの顚末を書いておきたかったが、罪の証拠になるものを残すことを恐れた幸藏に止められた。

八月を過ぎたころ、母から町の噂を聞いた。

「江戸に、黒船が来たげな。紅毛人が江戸湾に入って大砲を打ちまくっちょるっちいいよった」

　貞三郎は驚かなかった。

「そのことは、知っちょったですよ。私の乗った船が支那の上海というところんいた時に、アメリカの船が江戸に向かっちょるって聞きました。騒ぎになるじゃろうから、先を急いで長崎に入ったってです。船長の名前も知っちょりますよ、ペリーって言うんです。初めて蒸気船で日本まで来たはずです」

「じょうきせんっちゃなんか」

「ヨーロッパで乗ったことがあってです。船の上で缶《かま》を焚いて湯気を上げるんです。湯気の力は大きくて、船の横に付いた大きな水車を回すっとです。そん水車で水を掻いて風がねえしてん進めっとです」

　母は目を丸くしていた。

「お前がなん言いよっとか分からん。言葉は分かっとじゃけど。意味がワカラン」

　幸藏には、もっと詳しく話した。

「アメリカっちゅうのは、オランダよりまだ西にある大きな国なんです。とても強い軍隊を持っていて、今の幕府じゃ全くかなわないほど強い。鎖国をやめろと言いに来ちょるんですが、幕府は言うことを聞かんといかんはずです。鎖国が解かれれば、世の中は大きく変わるし、私も自由に外を歩けるかもしれません。それに備えて、商売のやり方を少しずつ変えていった方がいいと思っちょります」

「変えるっちゅうと、例えばどんげなこつか」

「まずは、船の操船です。今、大武の港を出た千石船は、陸地を目で見ながら位置を知って、夜は運行せずに港に入っちょることが多い。これじゃ、目的地に着くのにずいぶん無駄な時間がかかります」

「昼はお天道様の位置、夜は星の位置を測れば、船がどこを進んじょるか正確にわかっとです。船乗りたちを二つの班に分けて、昼夜交代で操船させながら、大洋を進めば、今の半分以下の日数で目的地に着けます。それができれば、延岡の魚も野菜も、腐らせずに運んで売ることができるんです」

幸藏は、感心して身を乗り出した。

「天測の道具は私の言うとおりに作ってください。使い方を教えるので、信用のおける船乗りを一人、夜中にここによこしてください」

「しかし、うちは船を持っちょらんぞ。いつも船倉《せんそう》を借りちょるだけじゃ」

「だから、船主にやり方を説明して説得してください。この方法で何度か商売すれば、船を買い取る金を作れるようになります。買い取った千石船も、帆や竜骨を少し改造すれば外洋に出ても安定して早く航海できる船になります」

「今は、河口に三角波が立つと船は港に入れず、港からも出られず、無駄に何日も沖に停泊しています。私の言うとおりに船を改造すれば、三角波を気にせずに進めますし、港自体を改造できれば、どんな船でもそれができるようになります」

幸藏は貞三郎の案にすっかり魅了されてしまった。

「他にねえとか、思いつくこつをなんでん良いから言っちみろ」

「それでは、積み荷の荷揚げの方法ですが……」

貞三郎の改革案は次々と出て来た。幸藏はその多くを採用して「酢屋」の商売を変え、利益を生み出していった。


町に噂が立ち始めた。

「酢屋ん息子は行方不明じゃったけんどん、どうも戻って来ちょらせんか」

「どっかで西洋の商売を教わっちきて、幸藏に知恵をつけちょるごつある」

狭い町のこと、いつまでも貞三郎の存在を隠しおおせるものではない。閉め切った部屋があれば中にあるものを疑われるし、日々の生活用品も一人分多く買わなくてはならないので不審をまねく。店の丁稚《でっち》には固く口止めしたが、口止めされればされるほど漏らしたくなるのが人間の心情だ。

「酢屋の息子、貞三郎はオランダ帰りんごつある『おらんだ貞』じゃ」

ひそひそとだが、町中で公然と話され始めた。幸蔵は焦った。

「貞、なんでかしらんが、お前が帰ってきちょるこつと、オランダん行ったこつが町の噂になっちょる。こんまんまじゃと藩の役人に見つかるかもしれん。今のうちにここから逃ぐっとじゃ。次ん船で江戸に行け」

貞三郎は、父や母に悪いと思いつつも、危険な状況に追い込まれながら、どうしても胸が躍り出すのをおさえられなかった。もう二年この部屋に閉じこもりっきりだ。世界の海を股にかけて航海した自分には、この生活は耐えられない。限界が近づいていた。逃亡者でもいい、お尋ねものでもいい、この部屋から解き放たれたい。そう思っていたところだった。

「わかりました。私は五年間、異国で一人で生き抜きました。江戸に着いたら、後は自分で何とかします。今度は、落ち着いたら手紙も書きますので、ご心配には及びません」

江戸での逃亡生活を心配する父母をなだめた。

江戸に向かう千石船に船員として乗り込んだ。幾ばくかの銭の他は、飾りから外したギヤマン玉だけを再び守り袋に入れて懐に入れた。身元を隠すために、家からは何も持ち出さない。

青い股引《ももひき》に、茶色の単衣《ひとえ》をはおり裾を尻《しり》っ端折《ぱしょ》る。襷《たすき》を掛け、ねじり鉢巻きをすると、年季の入った船員にしか見えない。

「ヨーソロー」

岸壁を離れた船は、昇ったばかりの朝日に向かって針路を定めた。晩秋を迎えて風が強くなっている。延岡の季節風「行縢《むかばき》おろし」に帆をはらませて、水面《みなも》輝く日向灘へ白波を蹴立てる。貞三郎は、朝日を背中に受けながら、遠ざかる延岡の山々を見えなくなるまで眺めていた。

四、長崎再訪

安政二年(一八五五)秋。江戸の町は騒然としていた。

前年、二度目のペリー来航を受けて、幕府は朝廷の了承を得ずにアメリカと日米和親条約を締結した。二百年以上続いた鎖国体制が事実上解消した。これを幕府の弱腰ととらえる諸藩の志士たちは、公然と攘夷を唱え始めた。

攘夷は外国人を排斥する思想だが、これをもって諸侯たちは改めて日本を「国」として意識し始めた。それまでは、国といえば、日向国、薩摩国といった大名の版図を指していたが、海の外から全く違う文化と文明をもった黒船がやってきて、視野が地球一面に広がった。

もちろん、知識として日本の位置を知ってはいたが、目の前にその現実を突きつけられて初めて、藩の利害を超えた日本としての危機管理の必要を思い知らされている。

しかし、まとめるものがいない。当然幕府がその役割を果たすべきだが、ペリーの圧力に負けて大きく威信を失墜させてしまった。多くの諸侯、志士たちは朝廷に新たな権威を求め始めている。

尊王攘夷はこれから革命思想に発展していく。幕末の始まりである。

貞三郎には何も目新しいことではなかった。ヨーロッパで西洋の文明と科学の実力を、身をもって体験した、この時代には稀有《けう》な日本人である。他には、ロシアに渡った大黒屋光太夫、アメリカに渡ったジョン万次郎などをわずかに数えるだけである。

しかし、漂流して救助されただけの光太夫と万次郎でさえ、罪に問われた。自らの意志で日本を出た貞三郎の渡航が発覚したら、二人の比ではない罪に問われることは必定だ。

日本で、最も開けた目を持ちながら、それを誰にも話せない孤独を感じていた。港で人夫働きをしながら食いつなぎ、情勢の変化を窺っていた。

程なく、面白い噂を聞いた。

アメリカの日本への関与に危機感を持ったオランダが、これまで独占してきた貿易の権益を守るべく、幕府にすり寄ってきている。最新鋭の蒸気船を一隻、幕府に献上することになった。幕府は、この船を「観光丸」と名付け、創設した長崎海軍伝習所の練習船として、幕臣に操船を教えるのに使うという。

そのために、江戸から長崎へこの船を運ばなくてはならない。当然、まだ教育を受けていない幕臣たちに操船ができるはずもなく、とりあえず和船の船乗りを雇って運行するのだそうだ。

港ではこの話題で持ちきりになった。

「黒船の操縦なんぞ、儂らにできるはずなかろうが」

「船長は、オランダ人じゃそうな。言葉も分からん船長の下で働くなんぞ考えられん」

「しかも、黒船は蒸気船じゃ。船の上で火を燃やすらしいぞ。そんな危なっかしいもんに乗る馬鹿はおらんぞ」

和船の操船では腕に覚えのある船乗りたちも、一様に尻込みした。もちろん、貞三郎だけは違う。

「オランダから、一年も航海してここまで来た船じゃ。危ない船じゃそんなこつはできん。オランダ人船長も、何をするか楽しみじゃねえか。俺は、乗ってみてぇぞ」

この船員募集に一番乗りで応募した。豊後出身の船乗り「伊助」と名乗る。応募者がなかなか見つからず困っていた幕府は、細かい身元確認などせず、すぐに貞三郎を採用した。最初は尻込みしていた江戸の船乗りたちも、困った幕府が吊り上げた給金に惹かれて、ぽつぽつと応募し始め、しばらくすると、何とか必要な人員がそろった。

いよいよ、長崎に向けて出港である。

観光丸は、嘉永六年（一八五三）にオランダで完成したばかり、旧名を「スムービング号」といった。三本マストの蒸気外輪船で、一五〇馬力の蒸気エンジンを積む。排水量三五三トン、全長六五メートル、全幅九メートル、大砲を六門備えていたと記録にある（ちなみに現在、復元船が長崎ハウステンボスにて就航している）。

マストを備えているので帆走もできるが、江戸湾内では風が弱く、汽走の方が効率が良いので、出港時は帆を畳み缶を焚く。和船の船乗りたちは、最初から何をしていいかわからない。一応通訳がついて、船長の命令を訳してはいるが、専門用語が多くらちがあかない。数少ないオランダ人乗組員の動きを呆然と見ているしかなかった。

貞三郎だけは違う。

「Hebben van een mast　Alle waterwegen（＝マストに上れ、水路を報せろ）」

と、船長が叫んだ。数少ないオランダ船員は手いっぱいだ。通訳がまごまごしながら訳そうとしている。

「マスト……帆柱……帆桁……に取りついて、道案内……」

全て訳す前に、貞三郎がマストに上った。

「右手に進め！」

「Overgaan tot het ……」

通訳が「右」という単語を忘れて詰まっている。正面の岩礁《がんしょう》を避けるべく焦った貞三郎はつい叫んでしまった。

「Recht！ Recht！」

船長は、通訳の言葉を待たず面舵《おもかじ》を切った。日本人乗組員たちは目を丸くしている。

「操舵《そうだ》が間に合わない、速度を落とせ」

との命令が飛んだ時も、日本人船員が慌てて缶の火を消そうと動き始めたのを尻目に、貞三郎が圧力弁を開けて蒸気を逃がした。圧力弁の位置も教えられておらず、蒸気機関の原理も理解していないはずの日本人船員ができる判断ではなかった。

一事が万事こんな感じだ。貞三郎は、懸命にオランダ語と蒸気船の操船について知らないふりを続けた。しかし、とっさの判断で動かなければならない時には、通訳や船長の細かい説明を聞く前に反応してしまう。

「伊助（貞三郎）は何かおかしいぞ。蒸気船の操船がうますぎるし、オランダ語を分かってる節がある。何者だ？」

船長や、オランダ人船員の信頼が増すのに比例して、通訳や日本人船員から化け物を見るような訝《いぶか》りの目が強まってきた。

（いかん、やりすぎた。これでは長崎に着いてもまた逃げ出さなくてはならん。知っているのに馬鹿の振りをしなくてはならんとは、なんとも難しい）

逃げ出した日本に再び安住の地を求めてヨーロッパから帰って来たはずなのに、まだまだ、貞三郎を受け入れてくれる場所は見つからない。だからといって、海から離れ、人から隠れて生きるのはもういやだと感じている。素性を全て話して受け入れてもらえるはずはないが、何とか素姓を隠しつつ、普通に人と交わって生活できる場所はないものか。

長崎に着けば……。昔からオランダや支那の文化にさらされてきた長崎なら、自分の存在を埋没させられるかもしれない。一縷《いちる》の望みを抱いて、必死に素性をごまかし続けた。

得意の黒船、身についた船仕事に浮かれていなければ、頭を空にして気を殺せる。目立たないでいることは、本来貞三郎の特技なのである。しばらく、でしゃばりを封印していると、徐々に「伊助はあやしい」という声も小さくなっていった。

何とか長崎にたどり着いた。ほっとした貞三郎は、観光丸を降りて、出島でもない、海軍伝習所でもない和船の波止場に職を求めた。極端なことをしなければ、少しくらいオランダにかぶれていても、黒船に詳しかったとしても、長崎であればそれほど不自然には思われない。

やがて、波止場の仕事に慣れてくると、安心感で少しずつ気が緩む。江戸からの航海でそれなりの銭を得て、長崎でもおとなしく暮らしているので金を使わない。懐があったまってくると、丸山遊廓の艶《なま》めかしい明かりが、花魁《おいらん》の柔らかい肌が、猛烈に恋しくなってくる。

(遊廓に下足番として住み込んでいたころから、もう八年も過ぎた。あの時十八だった私も、もう二十六、顔も変わっているはず。きっと誰も気付かんのじゃないか)

甘い考えが頭をかすめる。何度も戒めたが、どうしても欲望を吹っ切ることができない。人夫仲間と酒を飲んだ夜、我慢できなくて色街の門をくぐってしまった。

当然ながら住み込んでいた店は警戒して避けて、一番遠い店に上がった。案の定バレない。

「お客さん、どちらからおいでだい?」

「元々は豊後の出なんだ。いまは、長崎で働いてるよ」

「そうかい、これからもちょくちょく来ておくれよ」

「はは、銭がつづかんよ」

おとなしく飲んでいるうちは大丈夫だ。

ある時、人夫仲間に連れて行かれた鉄火場で賽《さい》の目が味方した。あぶく銭を懐に入れた貞三郎は、最後の抑制のたがが外れた。

「今宵は羽目をはずすぞ！　花魁たちを集めるっちゃ！」

遊郭の女将は、貞三郎の要望に応えて花魁、太夫《たゆう》を集めた。その店の中だけでは足りなくて、近くの店からも呼び集める。

集まってきた太夫の一人と目が合った。

（お絹だ）

博多の遊廓にいたはずのお絹。金を使い込んだ貞三郎を心配して追いかけてきた。長崎に行くように教えてくれたお絹。なぜ、博多ではなく長崎にいるんだ……。反射的に大きく目をそらした。

「さ、貞さんじゃないかい？　博多の柳町にいた絹だよ。少し前からここで働いてるんだ。おぼえてるだろ？」

気付かれた。

「い、いや、わしは伊助だ。人違いだろう」

その晩は必死にとぼけてお絹の視線をかわし続けた。

しかし、あくる日から丸山遊廓に噂が立ち始めた。お絹が遊女仲間に疑念を話してしまい、貞三郎の名前が八年前の下足番の男と繋がったようだ。

「貞三郎という男が、八年前、遊び金が払えなくなって、遊郭の下足番として働いていたんだが、そのあと縁あって、蘭方医に弟子入りしたんだ。でも、ある時からぷっつりと、姿を消してしまった。突然だったんで、不審に思う者もいたよ。それからずいぶん経つんで皆忘れていたんだが、最近『伊助』と名乗ってまた客として現れたんだ。これまでどこでどうしてたんだろうね」

そんな、軽い噂だったが、貞三郎はびくびくし始めていた。人夫仲間がこの噂を聞きつけて真偽を聞いてくる。必死に別人だととぼけたが、一度興味を持たれてしまうと、言い訳が追いつかなくなってくる。

自分の身の上の説明のために作った話にほころびが出始めた。豊後出身といい続けていたことがあだになった。長崎と豊後は近い。

「俺は豊後犬飼の出なっちゃが、犬飼はいったことあるけ」

「いいや、ない」

「じゃあ、この前帰った時に、ついでん別府の湯につかったたっちゃが、別府にはさすがに行ったこつあっとじゃろう。別府ん山ん上から見る湾の景色は最高じゃがねえ」

などと、豊後の話を振られるとしどろもどろになってしまう。しっかり答えられないことで、やっぱり噂は本当だと思われてしまう。

「もうだめじゃ。これ以上ここに居ては身元がばれる。延岡もダメ、江戸も、長崎もダメなら、今度は、思い切り遠くに逃げるしかねえ」

一つ思い当たる地があった。未開の大地が広がり、これから開拓者を多く受け入れると噂されている国——。

「蝦夷《えぞ》……」

第四章

蝦夷・函館

一、武田斐三郎

日米和親条約によって開港が決まった函館は騒然としていた。松前藩は海岸線に二キロにわたる板塀を巡らし、港から函館の町が見通せないように工夫した。さらに市中には「米国人は欲深で短気であるため、婦女子はもちろん牛、酒、呉服、小間物等の貴重品は隠し、港への船の出入りを禁じ、海に面する障子は目張りするように」等々の布告を出して、最大限の警戒を行った。

安政元年（一八五四）四月十五日、函館沖に三艘の黒船が顕れると、早馬の知らせを受けた市内では半鐘《はんしょう》が鳴り響き、住民たちは昼日中から雨戸を閉めて閉じこもり、通りには人も家畜も見当たらないありさまになった。閑散とした函館の町を見たペリー提督は「和親条約を結んだ甲斐がない」と嘆いたという。

黒船が来航するようになってすぐに、函館が危険な状態であることがはっきりしてきた。黒船の往来を認めたため、津軽海峡など内海の航路が外国に知られた。また、函館に寄港した外国人の上陸遊歩を認めたことにより、まともな防衛設備が函館にないことが露見した。

開港された函館で、米国艦隊との交渉に当たった函館の地方政府、松前藩には何もできない。「幕府の指示があるまで、協議できない」の一点張りで、米国の不評を買った。そのため函館は、開港後すぐ、安政二年六月に天領として幕府の管理にされてしまった。

そして、幕府の軍事技術者として、武田斐三郎《あやさぶろう》が函館奉行所に赴任してきた。


話が少し前後する。

伊予国の大洲《おおず》藩士として生まれ、緒方洪庵の適塾で蘭学を修めた武田斐三郎は、次第に洋学に傾倒し、江戸の佐久間象山に弟子入りして西洋兵学を学んだ。当時、数少ない西洋兵学の専門家として、佐久間象山の推挙を受け、大洲藩士から幕臣へ取り立てられ、長崎で行われたロシアのプチャーチンとの開港交渉に技術顧問として立ち会うことになる。

ロシアの国書に基づいた交渉内容は、日露両国の国境確定と、和親通商の二項目である。

しかし、日露国境交渉は、この時始まったものではない。端緒は文化八年(一八一一)の事件にあった。国後島で松前藩がロシア船を拿捕し、船長ゴローニンを捕らえる。それに対抗したロシアが、文化十年に、廻船商人、高田屋嘉兵衛を拿捕、函館で捕虜交換交渉が行われた。いわゆる「ゴローニン事件」である。その際にロシアは、来年再度来航し、国境確定交渉を行うと言い残して帰った。

当時の幕府は、「択捉島《えとろふ》までを日本の領土とし、ロシアはシモシリ島を南限とする。その中間にある得撫島《うるっぷ》には互いに人家を置かず中立地帯とする」という案を準備してロシアの訪日を待ったが、以後ロシア船は来なかった。

それから四十年を経た嘉永六年、ロシアは得撫島を奪い、択捉島も併呑を狙っていた。また、樺太《からふと》の対岸の町に民を集め、間宮海峡を渡り全島を支配する姿勢を見せていた。

今回の交渉の担当幕臣、川路聖謨《かわじとしあきら》は蝦夷探検家の間宮林蔵の友人である。間宮から蝦夷、樺太の状況を詳しく聞き取り、この交渉の席上で最も深い知識を持っていた。

プチャーチンは主張した。

「千島列島はもともとロシアの領土であり、択捉島に日本人が入植したのはたった五十年前である。全島をロシアに帰属させるべきである。また、樺太はロシア領ではなかったが、土民の要請を受け軍隊を派遣して執政を開始しており、南端のみを日本領とし、それ以外はロシア領とするのが妥当である」

川路は抗弁した。

「それは事実誤認である。千島列島全てがもともと日本領であり、ロシアが近年蚕食南下してきたのが実態だ。樺太は、日本人が入植し、早くに地図も作成している。海峡を渡ってアムール河畔まで至ったものもおり、漁業においては常に樺太の周囲を漁場としている。択捉までと樺太は日本領として譲れない」

「択捉、樺太に日本人が入植しているというが、ほとんどアイヌしか見ないではないか」との疑義に対しても、「アイヌは日本人である。アイヌの居住を脅かすロシア軍に、ただちに撤退することを要求する」と、きっぱりと言ってのけた。

結局、日露和親条約には、日本の択捉島までの領有を認め、樺太の国境は確定せず、日露が混在する現状を維持することが明記された。また、ロシア商船のため、大坂と函館の二港を開くことも決まった。

この交渉の一部始終を、川路とともに行った武田は、蝦夷地の現状に強い危機感を抱くに至った。蝦夷が松前藩から幕府に返還されるに伴い、川路の命で武田が函館に送り込まれた。

二、五稜郭

幕府は、函館奉行所の要請を受けて、函館に台場と砦を築くことを認めた。設計者として武田が指名を受ける。

「二百五十年前の戦国から日本の築城はほとんど進化していない。火縄銃と弓矢、刀槍の攻撃を想定した日本の城では、外国の軍隊に対応できない。これからの築城は、西洋を参考に、全く新しい発想で行わなくてはならんのだ」

頭の固い旗本たちを前に、幕臣に取り立てられたばかりの新参者である武田は、文字どおり決死の覚悟で強弁した。

「しかし、費用の問題もある。江戸湾は将軍のお膝元なので、強力な防衛施設が必要だが、辺境の蝦夷に果たしてそんなものが必要なのか？」

一部を除いて、幕臣たちの危機意識はこの程度だ。

「蝦夷だから必要なのだ。ロシアの蝦夷に対する興味は、和親や通商の域を超えている。プチャーチンと交渉した私にはわかる。弱腰を見せたら、ロシアは容赦なく軍隊を蝦夷に送り込んでくる。大体、防備を強化するために松前藩から天領に戻したのではないか。中途半端なやり方では、阿片戦争に負けた清の二の舞になるぞ」

といって武田は机を叩いた。

「大体、そんな前例のない工事を、誰が差配できるんだ。異人を連れてきて造らせたら、設計内容が敵に筒抜けになる。日本人にそれができるものがいるのか？」

「不肖、私が行う。そのために此処にいる。実績はないが命をかけてやり通す所存だ。信用してもらいたい」

やおら、背後から巻紙を取り出すと勢いよく机の上に広げた。畳ほどの大きさがあるこの紙には、見慣れない、五角形に角《つの》をつけたような模様が描かれていた。

「これが城の平面図だ。フランスの砦を参考に、この形を提案する。砲撃の目印となる高層の城郭は設けず、塀は石垣ではなく土塁を用いるつもりだ」

「費用の削減が期待できることと、造営速度が速いことが最大の利点だ。五角形の敷地に対し、それぞれの辺に出城を設けることにより徹底的に死角を無くす。さらに、湾口に突き出た函館山のふもとに台場を設ける。台場からは、湾に接近する船、湾内に入った船の全てを攻撃することが可能で、上陸を阻める。遠方に上陸して陸路函館に攻め入る敵については、城壁に取りつく敵兵を背後から砲撃することができる。鉄壁の砦を、要害を占める台場が補完して函館は難攻不落の城となる」

武田の詳細な築城計画を聞いた幕吏たちは、その緻密さに圧倒され、遂に了承するに至った。

「異国は待ってくれんぞ！　突貫工事だ！」

堀を掘ってその土を積み上げて土塁をつくる。効率的な工事を心がけた。地面はもともと湿地であったため軟らかく掘りやすい。寒冷地のため、積み上げた土は凍って簡単に固まった。石垣を巡らしたいところであったが、工期と予算が合わない。とはいえ、水を張る堀の部分を土のままにしておいては簡単に崩れてしまう。正面と堀のみに函館山から切り出した石を積んだ。

函館は、もともと辺境の港町である。大規模な築城を支える産業が育っていない。技術者もいなければ、瓦、材木、金属工作、何もかも大規模に行える能力がない。そこで武田は、一計を案じた。

「建築資材は全て本州で調達、加工を行い、まとめて船で運搬し函館ではそれを組み立てるだけにするんだ。どうせ他の場所から調達するんであれば、それぞれの資材を特産地に分散して作らせる。特産地であれば安く調達できるし、量も確保できる」

「瓦は能登、畳と釘は江戸、材木は津軽だ。それらを一旦、能代に集めて加工させる。函館では鋸《のこ》も鑿《のみ》も使わず組み上げるだけだ」

建築の革命と言っていい。こうすれば大工や瓦職人などを呼び寄せる必要が無い。土地の人間を一から訓練する時間も省ける。武田には建築・土木の経験はなかったが、物事を高所から見渡し事業を経営する能力に長けていた。しかも、机上で策を考えるだけでなく、実現するために、人の能力を見抜き、教育し、適材適所で使うことが上手かった。

あるとき、奉行所の瓦を葺いている現場を見廻っていると、一人の男が見慣れぬ機材を使って作業しているところに出くわした。やぐらを組んで、滑車を使って瓦を持ち上げている。その滑車の仕組みが見慣れない。

「おもしろい装置だな。しかし、お前一人でその量の瓦を持ち上げられるのか」

やぐらの下には三尺四方の盆のようなものが据えてあり、四隅が綱でやぐらの上の滑車につながっている。その盆の上に瓦が山積みだ。盆と瓦で四十貫（約一五〇キロ）はありそうだ、しかし、綱を引く人夫は一人しかいない。手拭いで頬かむりをして雪蓑を羽織った見慣れぬ小男だ。

「へえ、やぐらの上の滑車の下にもう一つ滑車をぶら下げてあります。こうすると、綱を引く長さは倍になる代わりに、引く力は三割でいいんです」

男は、軽々と綱を引いてみせた。綱を引くとぶら下がった滑車とともに、その滑車の下に付いた盆が持ち上がった。

「ほお、これは誰が考えた仕組みだ」

「はあ、私でございます。私はもともと船乗りだったんで、船の上で使う仕組みがここでも使えないかと工夫してみたところでして……」

複滑車の装置は最新の技術というわけではない。船の荷揚げ荷下ろしでは以前から使われていたし、大規模な建築現場では時折活用されていた。しかし、この男は一介の人夫の立場で、この現場に滑車を使ってみようと工夫したのである。武田はそのことに驚いた。

「お前、蝦夷の生まれではないな。どこから来た、名は何という」

と、問うと、男は口ごもった。

「へぇ、本多……貞吉、と申します。豊後の生まれでございます……」

目を伏せた。男は、おどおどした様子で武田から目をそらしている。

「貞か、その調子で励んでくれ。また見に来るぞ」

面白そうな男だ。しかし、何かを隠している。

三、本多貞三郎

しばらくして、武田は貞吉が投獄されたとの報告を受けた。

「何の罪だ」

武田は部下に聞いた。

「いえ、それがはっきりしないようでございます」

「どういうことだ。罪状も分からんのに捕縛したのか」

「はい、人夫仲間から行動がおかしいとして訴えがありました。皆と一緒の作業をしようとしない。それを咎めても『こっちのやり方の方が早い』などと言って一向に改めようとしないとのことでした。呼び出して、問いただしておりましたところ、やはり貞吉は、何か怪しいのでございます。出身や係累の説明があやふやで、仕事をどこで覚えたなどと聞くと、押し黙ってしまいます。何か重大な罪を隠していると踏んで、とりあえず牢に入れておきました」

貞三郎は牢の中で絶望していた。こんな北の果てに来ても他とちょっと違うことをするだけで、何かを見抜かれてしまう。周りとなじむことができない自分に腹が立つ。

（このまま、この北の牢で凍えて死ぬまで閉じ込められるのか。それとも、江戸に送られて拷問されるのか。鎖国破りを白状してしまえば、私のせいで罪に問われる人たちが大勢出る。なんとしても、隠し通さなくてはならない）

そう思いつつも、鎖国破りの何がいけないのか、どこかで釈然としない思いも抱えていた。海の外は進んだ技術と、開けた思想で満ちていた。それを学んで日本に持ち帰り、技術や思考を革新することは、どう考えても悪いこととは思えない。

外国の技術も、思想も知らずに島に閉じこもって安穏と生きてきた日本は、このままでは西欧列強に簒奪《さんだつ》されたインドや中国の二の舞になる。そのことに気付いていながら、何も言えないことがもどかしい。警鐘を鳴らす槌《つち》を振りおろせない自分の弱さにもうんざりする。大罪を犯して逃げ回る田舎の町人の臆病と、世界を見てきた数少ない日本人としての矜持を併せ持ち、強い葛藤があった。

石でできた冷たい牢の隅で膝を抱えて震えながら、自分がこれからどうなるのか、どうすればいいのか決められずにあがいていた。

「貞吉をここに連れてこい。儂が直接吟味する」

武田は、あやふやな理由であのような面白い男を牢に入れておくことは理不尽であると気付いていた。しかし、いい機会かもしれない。罪状吟味を逆手にとって、貞吉の隠していることを聞き出してみよう。きっと面白いことになる。

後ろ手に縛られ、縄尻を看守に握られて貞吉が武田の部屋にやってきた。

「おお、貞吉、来たか。そこの椅子に座れ。縛られておるのか。誰か、その縄をほどいてやれ」

武田は、貞吉を懐柔して語らせようと考えていた。

武田の居室は洋式である。板の間に高机と背もたれのある洋式の椅子がおいてあった。部屋の隅に見慣れない鉄製のかまどがある。貞吉は、なんであるか気付いた。

「それは、ストーブというものだ。儂が長崎のイギリス商館で検分、研究してここでつくらせた。勢いよく火を焚いて、煙は外に出す。囲炉裏よりずいぶん暖かいであろう」

貞吉のストーブを見る目の表情に違和感を覚え、武田は少し試してみることにした。

「ちょっと火が小さくなってきたな。そこに薪があるんで、くべてくれ」

貞吉は言われるままに薪を取り、ストーブの扉を開けて放り込んだ。火かき棒で薪の並びを整え火つきの良いように空気窓を調整した。

「そのストーブは多分、日本で最初につくられたものだ。まだ、江戸にも大坂にもないだろう。お前は、それをためらいもなく操作したな。まるで使い慣れているかのようじゃ」

ニヤリとしながら、貞吉を見た。

「めっそうもございません。このようなもの初めて見ました。ただ、機械が好きで新しいものにも勘が働く性分なのでございます」

「よいよい、儂はお主を咎めようと思って呼んだのではない。貞、ここに来るまで何をしておった」

「船乗りでございます。千石船の船員をやっておりました」

「黒船に乗ったことはないか」

「とんでもございません、ここに来て初めて見ました」

「ここは、江戸や京から遠い、日本の端っこじゃ。お主と一緒に働いておるものの中にも凶状持ちがいることは気づいているが、儂はそれをいちいち咎めようとは思わぬ。儂も最近幕臣になったばかり、もともとは伊予、大洲の貧乏藩士じゃ。身分のことで恐縮することはない。胸襟を開いて語ろうではないか」

武田は貞に湯飲みになみなみと注いだ酒を勧めた。長崎の丸山遊郭以来、貞は酒を断っていた。しかし、この状況で動転していた。武田の盃を断る勇気が出ない。久しぶりの酒を口にする。ぐびっと一口含んだあと、いつもの癖が出て湯飲みの酒を一気に呷《あお》った。

縁の欠けた湯飲みから飲む酒は、麹の香りが馥郁《ふくいく》として含むと冷たい刺激がさらりと喉《のど》の奥に降りていく。堪《こた》えきれず目を強く閉じておもわず首を振った。胃から喉を通ってもう一度酒の香りが口中に戻ってくる。ヨーロッパのウイスキーの強い刺激と煙のような香りも嫌いではないが、清酒の清冽さと奥行きの深さはやはり他に比べようもないほどに素晴らしい。二口目、三口目と喉を鳴らして飲んだ。

酒を絶っていたといっても長崎の遊廓で飲んでまだ数カ月。しかし、酒好きの貞三郎には随分長い数カ月だった。胃の底がじんわりと温まるのを感じる。

悪い癖が出た。酒がすすむ。

牢の中で悩んでいたことが馬鹿らしく思えてきた。本当は生来の楽天家なのである。思い悩む性分であったら、鎖国破りのような思い切った行動がとれるはずがない。押さえつけていたタガが酒で少し緩んだ。

「黒船や、西洋のからくりには興味があるとです。蒸気機関についても、ちょっと機会があって学んだことがございました」

武田は、貞吉への疑念に確信を持ち始めた。

「蒸気機関がわかるのか、それはすごいな！　儂も、いずれこの地で蒸気船を造ってみたいと考えておるんじゃ。お前のようなものがいてくれてよかった。もっと聞かせてくれ」

武田の態度に裏のないことを感じ取った貞は、遂に本当のことを話し始めた。

「私は、本当は満石貞三郎と言いまして、おっしゃるとおり、黒船に乗ったことがあるとです。そいどころか、オランダに密航して五年ほど暮らしちょりました。帰国して、江戸、長崎と逃げ回って、この地にたどり着いっちしもうたとです」

思えば、貞三郎は帰国以来ずっと孤独であった。洋行の見聞を話したくて仕方ないのに、口をつぐみ続けねばならなかった。久しぶりの酒と、武田の親しげな雰囲気が、貞三郎の心の堰《せき》を突き崩し、いったん崩れ出すともう止まらなかった。膝を乗り出して食いつく武田に、貞三郎の口は滑らかになり続けた。

「オランダ語は読み書きできるのか？」

「当然でござます。ヨーロッパを交易をして回っちょりました。片言ならイギリス語も、フランス語も話すっとです」

「黒船は操船できるのか?」

「当たり前でござます。そいどこっか、黒船ん造船術を学んじ帰りました。お命じいただければすぐにでん一艘造っち差し上げらるっです」

貞三郎は酒に酔った真っ赤な顔で、ここぞとばかりに自分の経験をひけらかした。

「得難い人材を最適な場所で見つけた! 貞三郎、儂とお主の出会いは運命じゃぞ!」

武田は貞三郎の肩を抱きながら語り、杯を重ね夜が明けた。

武田は、酔い醒ましに朝の冷たい風に当たろうと言って貞を連れ出し、建設中の土塁に登った。

雪の残る北の大地に赤々とした太陽が顔をのぞかせている。

「貞、儂にはちょっとした構想がある。ここで洋学を教える塾を開きたいんじゃ。お主は、その教授に最適じゃ」

酒の残る赤ら顔にさらに赤い朝日を受けながら、武田は、貞三郎を熱く口説いた。

「身分はここでなら何とでもごまかせる。儂に協力してくれ」

「私の学んだ知識を伝えっこつができるんなら、たいがいの危険はかまわんです。よろこんでご協力させちいただきます」

貞三郎は、天にも昇る気持ちであった。遂に、生きる道を見つけた！　ここでなら、武田の下でなら、自分の力を存分に発揮することができる！

「名は、変名を使い続けるのが良かろう。ただし、貞吉では士分らしくない。身なりを整え、儂が長崎で教えた弟子、本多貞三郎として仕えてくれ」

握手を交わした手を、しばらく離せない二人であった。朝日を受けた貞三郎の胸のギヤマン玉が自ら真っ赤な光を放っているように見えた。

四、洋式帆船建造

武田斐三郎は、洋学塾「諸術調所」の開校式で決意を述べた。

――蝦夷地では米を作れん。この地で人が生きていくためにできることは、一つは漁業。もう一つは、商品性の高い作物を夏の間につくって交易をすることじゃ。

――幸い広大な土地と、良港がこの地にはある。交易と漁業で町を発展させ、この地に日本人が根付かねばならん。多くの人間がここに住むことで、ロシアの脅威を退けることができる。

――古来の千石船は日本沿岸を航行するのには優秀だが、これより北の荒波を乗り切るためには、喫水が深く、自力航行ができる黒船が必要だ。儂は、ここで黒船を建造しようと思う。

横に並んだ貞三郎を指した。

「ここにいる、本多貞三郎教授は、黒船設計の権威だ。これから、本多教授の指導に従って諸外国に負けぬ船をつくり、世間をあっと言わせてやろう」

貞三郎はここぞとばかりに蓄えていた知識を披見した。

――和船は、喫水が浅く、浅瀬を進む岸に沿った航行に適している。しかし、重心が水面の上に来るため沖合の荒波に遭うと転覆の危険が高まる。洋船は喫水が深く船側《せんそく》の半分以上を水面の下に沈める。こうすることによって、重心が下がり転覆の危険を減らしている。バラストと言って、船底に石を積んで無理やり船を沈めているんだ。水面下を重くすることによって、甲板に高いマストを何本もたてることができる。強風に吹かれても傾きにくい。

――無理やり船を沈めているんだから、船底の防水性を高めなくてはならない。木材をむき出しにしていると隙間から水漏れするので、タールと言って粘着性の強い油を塗りこめている。だから船が黒いんだ。それでも水漏れの危険は常にあるので、船底を毎日見廻って、隙間にぼろきれなどを詰めて防いでいる。

——喫水が深いので、普通の港には入港できない。黒船をつけられる港は、暗礁が少なく水深の深い岸壁を持つ港に限られる。

——水の抵抗が大きいので、操船が難しい。そのために、何種類もの帆を張って細かく調整しているんだ。しかし、最新式の蒸気船であれば風に関係なく自ら進むことができる。開発されていない港を使う冒険航海には蒸気機関が欠かせない。

「蒸気機関とは何なのか？」

貞三郎はストーブの上に鉄瓶を載せて湯を沸かした。鉄瓶の注ぎ口から湯気が勢いよく吹き出すさまを見せた。瓶のふたがカタカタと動いた。

——水は、温めると形を変える。湯気だ。水の形にギュッと押し縮められていたものが、湯気に変わると大きく膨らむ。この大きくなる力を使ってピストンを持ち上げる。ピストンの上下運動をクランクで回転運動に変えて、外輪を回す。外輪に付いたひれで水を掻いて進むんだ。

——蒸気機関を、この地で製造するためには巨大な溶鉱炉と、大量の鉄が必要だ。いずれ、それにも取り組まなくてはならんが、とりあえず急ぎ、洋式帆船を建造することにする。

貞三郎は、教室をぐるっと見廻した。どの生徒も食い入るように貞三郎を見つめていた。

諸術調所は、幕臣から諸藩の家臣まで、身分に関係なく向学の士を受け入れた。江戸の蕃書調所では、西洋の知識を学べたが、諸術調所では実地が学べると評判になっていた。貞三郎、武田、そして、函館に来航した外国人から直接生きた情報を得ることができる。全く稀有の塾である。

塾生には錚々《そうそう》たる顔ぶれが集まっている。前島密（郵便制度の創設者）、井上勝（日本鉄道の創始者）、吉原重俊（日本銀行初代総裁）などである。

町人として生まれ、洋行の罪を隠して逃げ回っていた自分が、この教壇にいることが信じられない思いである。もちろん、自分が日本人の中で西洋技術の第一人者であることは矜持としてである。密航から再入国、江戸、長崎、函館と逃亡生活を送ったことも、かえって、自分の能力に自信を深めることにつながった。しかし、武田に見いだされなかったら、その能力を活かすことなく朽ち果てていたかもしれない、と思うと、この境遇が身震いするほどありがたく思える。心血を注いで、自分の知識を塾生に伝えることを誓った。

幕府から洋式帆船建造の許可を得た函館奉行所は、既に船大工、続豊治《つづくとよじ》に命じて、資材の調達、設計を始めていた。貞三郎は武田から頼まれて、豊治に協力することになった。

貞三郎は、豊治の引いた設計図を見て舌を巻いた。

「独学でこの図面を引いたのか？」

「へぇ、何度か函館奉行所の役人にまぎれて黒船に乗り込んで見廻りました、解らんところは絵を描いて異人に尋ねました」

「それだけで、この設計ができるとは大したものだ。儂がずいぶん手直しせねばならんと思っていたが、これならばほとんど必要ない。しかし、解らん部分があれば何なりと尋ねてくれ、儂の経験がきっと役に立つはずじゃ」

豊治は貞三郎の言葉を聞いて驚いた。

「本多様は、黒船を造ったことがおありなのですか。日の本にはまだそんな者はいないと思っておりました」

貞三郎はあわてた。

「いやいや、以前長崎で学び、オランダ人から聞き取ったことがあるんじゃ。オランダ語が話せるので、直接聞いた分だけ少し自信があっただけじゃ」

「それならば、お伺いしたいのですが、建造の手順について少し悩んでおりました。和船と同じように、船底から上に組み上げていけばよろしいんでしょうか？」

「そうじゃな、まずは竜骨を据えてそこに肋骨を生やすように桁を渡していく。竜骨には帆柱も接続して先に立ててしまうんじゃ。骨組みがすべてできてから底板を貼り、船室を造る。

最後に甲板を葺く。重要な作業は邪魔な底板のない状態で、明るい光が入る環境で行うに如《し》くはない。底板を貼る際も、一番低い部分の板は最後まで貼ってはならん、建造中に降った雨の排水ができるようにあえて穴の開いた状態にしておくんじゃ。しかし、船底を貼り終えるまでは骨組みは壊れやすい。周りの足場は普段の倍も頑丈に作っておかねばならん」

「合点がいきました。これで迷いなく作業が進められます」

貞三郎の指示は、微に入り細に入り具体的で、豊治の目からうろこが落ちる様子が見えるようであった。

貞三郎は、諸術調所の塾生とともに豊治の造船所に出入りし、時に作業を手伝った。

安政四年（一八五七）夏。日本人の手による函館で初めての洋式帆船、二本のマストに縦帆を張ったスクーナー、「函館丸」が進水した。

武田が誰よりもこれを喜んだ。武田のやりたかったのは、この船を使って大海原を自由に航海すること、自分の工夫した最先端技術が、大自然に通用することを確認したかった。

「よし、これで実地訓練ができる。自ら組み上げたこの船で、洋式船の操船術を学んでくれ。操船になれたら、蝦夷地海岸線の測量をする。いずれはこれを使って交易を行うんだ」

武田斐三郎は函館丸の船長に就任すると、貞三郎を船長付き従僕の形で船に載せた。しかし、諸術調所内でもそうだが、貞三郎に正式な肩書をつけることができない。教壇に立っていたが教授ではない、操船を指揮するが船長ではない。武田の従僕としての立場で、塾と船にかかわる。「貞殿」と役職を付けずに呼ばれる。

「貞殿、総員配置につきました。指示をお願いします」

「よし、メインマストの帆を張れ、追い風をはらむんだ。帆が張ったのを確認してから艫綱《ともづな》をほどく」

(何度目の出航だろう。思えば、これまでの人生は常に船の上にあった。辛い逃亡の日々も過ごしたが、いつでも海に出ると心が解放されるのを感じた。今回の船出は、その中でも最高の気分だ)

甲板の上で舵輪を持つ手を放して、胸のギヤマン玉を握りしめた。

函館は、この時日本最先端の技術、文化の隆盛地ではあったが、政局からは遠い。ペリー来航から五年。江戸、京都では幕府の威光に陰りが見えて、尊王攘夷の志士たちが活発に活動し始めていた。安政五年(一八五八)四月、井伊直弼が大老に就任した。江戸の空気がきな臭さを増している。

大老に就任した井伊直弼は、政敵、一橋派の弾圧を行った。水戸藩主徳川斉昭や一橋慶喜の蟄居《ちっきょ》を命じる。これを契機として「安政の大獄」と呼ばれる大粛清が始まった。百名以上が死罪、遠島や蟄居などの処分を受ける中、武田斐三郎の盟友、川路聖謨も、幕臣でありながら開明的すぎるところをとがめられ蟄居を命ぜられた。

この政治的暴風雨の中、政局から遠い函館にいた武田と塾生たちは幸運であった。

津軽への試験航海、沿岸の測量実習、そして七カ月をかけた日本一周航海に、喜々として取り組み成し遂げた。函館丸はその後、函館奉行の江戸帰参の際の足として繰り返し運用される。

五、ロシアと交易

函館丸の成功を受けて、同型の姉妹船「亀田丸」についても続けて建造された。武田は、この亀田丸を使っていよいよ交易を始めようと計画していた。

「貞三郎、亀田丸が進水したぞ。儂はこの船で交易がしてみたい。お主の経験を活かしてこの交易を成功させてくれ」

「そうですね。この船の積載量を考えれば、一度の航海で数千両の利益を得ることも不可能ではないでしょう。肝心なのは相場をしっかり摑むことです」

函館丸の江戸往復の際に寄港地で相場の調査を行う。その調査であたりをつけて、すぐさま亀田丸を出港させた。まずは蝦夷特産の塩引き鮭三千両分を積載して仙台に向かった。仙台で鮭を米に交換した亀田丸は、江戸でその米を売ると七千五百両になった。何と片道の航海で四千五百両のもうけを得たことになる。情報調査の勝利である。

その後も交易をして着実に利益を上げ続けた。速度が速く、波浪に強い黒船は千石船が運航できない時でも素早く荷を運んで機を逃すことがなかった。交易を通じて十分に操船技術を磨き、資金を確保した武田たちは、いよいよロシアとの交易を実施することにした。

物資の乏しい函館で、外国船による物資調達が行われると、物価が上昇する。対抗策として、海外からの物資調達が検討されていた。そのための試験交易。

文久元年（一八六一）初夏、函館を出港して、樺太と大陸の間の間宮海峡にむけて北上した。アムール川河口から大陸を遡り、河畔の中心都市、ニコラエフスクに寄港した。

「久しぶりの異国の港です。しかし、ここはロシアでも極東の辺境地。ヨーロッパの栄えている港とは比べようもありませんな。ともあれ、これまでここに交易に訪れた日本人はいないはず。日本の物産が受け入れられるかどうか。ここに私たちが持ち帰れる特産品があるか、難しい所でしょうな」

貞三郎は、武田に懸念を伝えた。

「しかし、この町が栄えていないことは蝦夷にとっていいことだ。樺太、蝦夷に侵略を行うにも、その人員も武器も不足しているということだからな。その意味で、この航海は収穫があった」

武田は、さびれた港の様子に、それなりに納得したようだ。

港は、見知らぬ船の寄港に騒然としていた。武器を手に亀田丸を囲む住民たちに、函館から連れてきた、ロシアの少年兵に通訳をさせて寄港の意図を説明した。武器を持たない小男たちの少人数の集団に、住民たちは警戒を解き、一気に歓迎ムードが漂った。

シベリアの東端の村に客は珍しい。貴重品のウオッカを取り出してきて大宴会が始まった。貞三郎以外の亀田丸の船員は、火の点くような強烈な酒に咳き込むやら、吠えるやら、大騒ぎである。ウオッカのような強い酒には清酒やワインなどと違う飲み方がある。

一口分だけの酒をグラスに注いで、口元に持っていくと首を後ろに勢い良くそらせる。首の動きにグラスを連動させて、注いだ酒全てを唇や舌に触れさせず喉の奥に放り込む。おずおずと口に含むように飲むと、舌や唇が焼けて痛いのである。貞三郎は笑いながら皆に飲み方を教えた。

ロシア人はとにかく大食漢である。寒いシベリアで体温を保つために日本人の数倍のカロリーを摂取する。

この宴会でも、信じられないような量の料理が並んだ。すり鉢のような巨大な皿に山盛りにされた鮭の卵。口から尻に金棒を刺して一頭丸焼きにした猪。小麦粉の皮で肉や野菜をなんでも包んで油で揚げたものが、六尺四方もあるテーブル一面に山をなして積み上げてある。赤い汁で満たされた五右衛門風呂のような鍋に、無造作に刻まれた肉や野菜や魚をぶち込んで煮立ててある。

ロシア人は自分の顔ほどに大きな肉の塊を両手で抱えてかぶりつき、バケツのような碗に手のひらほどの大きさの匙《さじ》を突っ込んで汁を飲んでいる。拳ほどの大きさの揚げ饅頭を一口で頬張る。貞三郎には多少免疫のある光景だが、武田たちはあっけにとられてしまう。

味は悪くない。強烈なウオッカを中和するために、赤い汁を含んでみると、見た目に反して酸味が程よく効いて、あっさりしていて、赤味の元になっている赤い蕪《かぶ》のような野菜の食感がほろほろとしていてなんともいえず良い。揚げ饅頭は様々な具が楽しめる。手を油だらけにしながら、次々と頬張った。肉汁などの濃い味が膨らんだ小麦粉の皮にしみこんでしつこいが後を引く。鮭の卵には日本から持ってきた醬油をかけ回すと、ロシア人たちにも大好評であった。

武田は長崎で厳しい交渉をしたプチャーチンたちと、ここに居るシベリアの民たちが、同じロシア人だとは思えなかった。国の利害などを背負わず、人同士、鍋を囲んで酒を飲めば、赤ら顔で髭面の白熊のようなロシア人たちも、気のいい田舎の漁民である。心を開き合うのに何の障害もなかった。

ニコラエフスクはロシアが最近清から割譲し、極東の拠点として入植、開発を始めたばかりの都市だった。日本人が来たのは初めてではない。一八〇九年には間宮林蔵が探検で訪れている。これはロシアが入植した一八五〇年頃より早い。

貞三郎は、日本から持ってきた絹、馬鈴薯、米、醤油を売るべく交渉を行ったが、案の定十分な対価を得ることはできなかった。大量の食材はあったが、食文化が違いすぎることと、寒い気候を前提に保存を考えられた生に近い魚などが多く、船貿易には向かないと判断せざるを得なかった。麦と、ウオッカと毛皮をわずかに持ち帰った。

亀田丸の航海は、刺激に満ちていて面白く、貞三郎はいつまでもこの仕事を続けていたいと感じていた。

しかし、時代はそれを許さない。函館で幸せな船員生活を送っているうちに、元治元年（一八六四）になっていた。安政の大獄（一八五八年）、桜田門外の変（一八六〇年）、生麦事件（一八六二年）、薩英戦争（一八六三年）などの時代の激流を船の上でやり過ごした。

幕府から武田斐三郎に下命があった。「函館から江戸に戻り、蕃書調所の教授に就け」というもの。風雲急を告げる時代の波に、平和に禄《ろく》を食《は》んできた旗本たちの出る幕はない。武田のような異才の出番がやってきたのである。

しかし、これは諸術調所にとって大問題であった。表向き、諸術調所の教授は武田斐三郎ただ一人なのである。貞三郎が教壇に立っていたことは公表できない。しかも、最近は、武田が教授、貞三郎は亀田丸の航海士と棲み分け、座学と実践をそれぞれが担うかたちができていた。その、唯一の教授である武田が江戸に戻るということは、函館の諸術調所の閉鎖を意味した。

「貞三郎、これも時代を考えると仕方のないことだ。儂は江戸に行くしかない。しかし、お主は、ここでならその身分を疑う者はもういない。函館に残って船乗りを続けてくれ」

「丁度、江戸函館間の輸送船として、『太江丸《たいこう》』という汽船を幕府が就航させることになっている。その船の航海士として、お主を推薦しておいた。船長には幕臣が就くが、操船の経験はない。お主が実質の船長だ。やっと蒸気船の操船ができるな」

貞三郎は、武田と別れる寂しさをぐっとこらえた。

「夢のような八年間でございました。斐三郎様に見いだされて、私はやっと自分の人生に自信が持てるようになりました。いろんなものから逃げ続ける私の人生ですが、ゼーモウス船長と、斐三郎様のおかげで居場所を頂きました。これからも、一《いち》船乗りとして足元を見失わずに生きていきます」

「一船乗りか、お主らしいな。儂こそ、お主のおかげでこの地で計画以上の成功を収めることができた。お主を江戸に連れていけぬことで、翼をもがれるような思いじゃ。儂の翼をここにおいてゆくが、お主はその能力を、これからも日本のために使ってくれ」

二人はしっかりと両の手を握り合った。

第五章　長州征討

一、東回り航路

函館—江戸間の航路は難所が多い。特に下北半島の東端、尻屋崎《しりやざき》は津軽海峡から太平洋へ抜ける場所で、潮の流れが変わりやすく、さらに夏は濃い霧が発生し、冬は暴風雪になることが多く、別名「難破崎」などと呼ばれることがある。尻屋崎を過ぎて無事に南下しても、江戸湾の手前には犬吠埼《いぬぼうざき》がある。この岬の沖は黒潮の流れが陸に近く、帆船では南進しづらいことに加えて、利根川が鹿島灘に注ぎ入れて作り出す離岸流と、黒潮と沿岸の間に入り込む親潮が相まって、複雑極まりない流れと波を作り出す。東北—江戸間の物流も、犬吠埼の手前で荷を陸揚げし、川船に乗せ替えて利根川、江戸川とたどるのが通例となっている。蒸気船ではなかった函館丸も亀田丸も、主にこの方法をとっていた。江戸湾には帆船では進入しにくい。

このような事情から、蝦夷と本州の航路としては、もっぱら北前船として知られる日本海回りが主流であった。江戸と直接には結ばれていない。

貞三郎に課されたのは、この危険な東回りの航路を確立することであった。幕府には、蒸気船であればこの航路を定期運行できるであろう、との思惑があったが、実際は、蒸気船であっても、慣れない船乗りであれば博打に近い成功率しか期待できない。

だが、貞三郎は黒船の船員として日本とヨーロッパを往復した希有な日本人である。蒸気船「太江丸《たいこう》」を手足のように扱える。この頃の蒸気船の標準は外輪船である。両方の舷側に水車のような外輪を付け、外輪の羽で水を掻いて進むわけだが、この方式では船の喫水が最適な位置にないと効率よく水を掻けない。また、海が荒れたり風で船が傾いたりすると、左右の外輪が水面に接する角度が変わりまっすぐ進めなくなる。

そこで、太江丸は、外輪ではなく喫水を気にしないスクリュー推進を採用していた。文久二年（一八六二）に就航したばかりの最新鋭である。

「船長、そろそろ犬吠埼が近いんであんすが、やっぱりこのまま江戸湾まで乗り入れるつもりでござっしゃいますか」

不安げな表情で船員たちが聞いてくる。貞三郎は、船員の不安を打ち消すため、殊更自信ありげに声を張り上げた。

「ああ、そのつもりじゃ。缶の火を強めて蒸気を上げろ！　油断は禁物じゃが、この船ならば黒潮も三角波も間違いなく乗り切れる。その先も品川湊まで一気に行くぞ！」

帆船であれば、江戸湾に入るにしても、伊豆下田まで行き過ぎて停泊し、順風を待って進入する必要があった。風待ちの無駄な停泊があることも、銚子から川船に荷を載せ替える理由の一つであったが、蒸気船ならば風待ちをする必要がない。風上に向かって悠々と進む。最大出力で房総沖を通過する。複雑な海流と強い向かい風が太江丸の推進を阻む。波も荒く、千石船はおろか外輪船でも、この航路を乗り切るのはよほど条件に恵まれないと無理だろう。スクリュー推進の太江丸は、帆をすべて下ろし風の抵抗を最小限に抑えて、船の安定を保ちつつ辛くも前進する。

「たまには、このくらい揺れんと黒船を操船してる気にならんな。南方の海はこんなもんじゃなかったぜ」

木の葉のように揺られながら、岬の鼻を廻りこむ間、貞三郎は冷や汗を船員に悟られないよう敢えて頻繁に軽口をたたきながら、舵輪を握っていた。

ようやく、富士の山が見えてきた。北向きの黒潮の流れから外れ速度が上がる。甲板の船員たちから安堵の声が漏れた。

「よーい！　富士が見えたぞう！　難所は過ぎた。明日にゃお江戸じゃ」

「明日ん晩は吉原で命の洗濯じゃぞい」

老練の船乗りたちにも、この航路は大きな冒険だったようだ。口々に無事を喜び合う。貞三郎は、不敵な笑いを浮かべて平静を装った。

「おいおい、そんなに喜ぶことではないぞ。この船なら当然のことじゃ。これから何度もこの海を渡るんじゃ、飽きるほど富士を見せてやる」

「とはいえ、最初の富士じゃ。皆に酒を配って祝杯を挙げろ!」

この航路を確立して、貞三郎と太江丸は蝦夷と幕府にとってなくてはならないものになった。函館の代官は太江丸に乗ってこまめに江戸を往復し、北の守りの現状、ロシアの動向を逐一報告した。

二、井上八郎

江戸の町は閑散としていた。慶応元年(一八六五)、将軍家茂《いえもち》は上洛し、天皇と将軍のいる京が政治の中心となっている。長州征討《ちょうしゅうせいとう》が企てられ旗本も諸藩の侍たちも京坂に集まり、西は騒然としているが、それに反比例して江戸は静かになりつつある。

貞三郎は、すっかりなれた函館からの航海を終えて品川湊に太江丸を停泊させると、いつものように、奉行所への出仕は名目上の船長である幕吏に任せ、船に寝泊まりを決め込んで、陸に足を下ろさなかった。閏《うるう》五月、船上にどこからか桜の花びらが舞い込んできた。春の香りを楽しみながら甲板に寝ころんで少し静かな江戸の雰囲気を味わっていると、桟橋から太江丸に声をかける者がいることに気がついた。

「おおぃ、誰かおらぬか？」

五十がらみの小柄な武士が、柔和な表情で声を張り上げている。

「へい、なんでございますか」

貞三郎が立ち上がって船縁《ふなべり》から顔を出して答えると、

「おお、すまぬ。この船は幕府所有の太江丸であるかな。御用の向きで依頼したいことがある。船酔いする質《たち》なのでちとすまぬが、ここまで降りてきてはくれまいか」

人夫姿の貞三郎にも丁寧に接する、好感の持てる男であった。貞三郎がいそいそと渡し板を降りていくと、男はいっそうにこやかに話しかけてきた。

「儂は、幕府講武所の教授方、幕臣の井上八郎と申す。この度、京の文武所教授を仰せつかって急ぎ京へ向かわねばならぬ。この船が、これから大坂に向かうと聞いて乗船させてもらいたいと思ってきたのだ」

貞三郎は驚愕した。太江丸が大坂へ向かうことを知らなかったせいもあるが、何よりこの武士の名前に強い衝撃を覚えた。

（井上八郎様！　こんなところで出会うとは！）

井上八郎はこの時、幕臣として江戸の講武所教授となっていたが、もともと、貞三郎と同じ延岡藩出身の剣豪である。貞三郎と同じく藩内の商家に生まれながら、武士を志し、脱藩して剣の道を究めた。

貞三郎が子供のころ、延岡城下で巷間《こうかん》語られていた武者話。八郎が北辰一刀流の免許皆伝を得て、諸国行脚《あんぎゃ》の武者修行を行った模様を、いつも興奮しながら聞いていた。オランダに渡る二年前のこと。延岡に一度帰ってきた生ける伝説、井上八郎の雄姿を、城下の道端から、あこがれのまなざしで見た記憶がある。貞三郎のオランダ渡りのきっかけの一つには、この八郎の脱藩と出世の影響があったことも否めない。

その八郎が目の前にいる。貞三郎は興奮を必死で隠した。

(私は今、豊後出身の船乗り本多貞三郎なんだ。延岡出身であることを誰にであれ明かせば、鎖国破りの大罪が露見しかねない。隠せ、隠せ、隠せ!)

精いっぱいの芝居を打った。

「へぇ、この船は太江丸と申して、蝦夷と江戸を行き来するだけの船であんす。大坂に行くなどとはきいておらんでがす。船長が戻るまでぇ甲板で寝るのが役目でがす。また来てくんなし」

何もわからぬ水夫のふりをして、慣れない、どこの言葉ともしれぬ方言を使いとぼけてみた。

「そうか、それでは、あれにある茶店で待たせてもらおう。船長によろしく伝えてくれ」

「へぇ、お伝えするでがす」


船長が奉行所から戻ると、八郎の言うとおり、太江丸は大坂へ行くことを命ぜられた。いよいよ始まる第二次長州征討に参加する兵を大坂から周防《すおう》へ運搬することが役目となる。井上八郎を大坂まで乗せることも了承された。

八郎に上等の船室を勧めたが、断られた。いつも甲板にいて、のべつ吐いている。

「若いころから船が苦手で、乗るといつもこれじゃ。できる限り船を避けて生きてきたが、やむを得ず乗るときは、ここが儂の定位置じゃ。船べりを汚してすまぬが、船室を汚すよりましじゃと思って許してくれ」

紙のような真っ白な顔をして絶えず謝っていた。

甲板で、八郎に働きぶりを見られることは誤算だった。初対面で水夫のふりをしてとぼけて見せたことと、貞三郎の真船長としての働きはつじつまが合わない。あせっていたが、どうしようもない。今更船の上で水夫のふりをしたら今度は船員全員に怪訝《けげん》に思われる。八郎の病人のような状態が、貞三郎への疑念を忘れさせてくれることを祈った。

江戸―大坂間は比較的安全な航路である。慣れない旅程だったが、さしたる支障もなく六日で大坂へ着いた。八郎は、船を降りるとき、ふらつきながら貞三郎に近づいてきて、二人だけに聞こえるよう小声で話しかけた。

「おぬし、身分を隠しておるじゃろう。出身は九州か？　儂も若いころ出自を隠して江戸で暮らしておったからよくわかる。誰にも言うつもりはないから安心せい。いつか大手を振って生きられる日が来るといいのう。儂も今は隠すことなく生きられるようになっておるが、若いころは苦労した。おぬしも頑張れよ」

貞三郎は、「へへっ」とだけ答えて、肯定も否定もせず頭を深々と下げた。

井上八郎とは大坂で別れたが、太江丸は引き続き大坂から周防までの兵の輸送を命ぜられた。幕府の長州征討は二度目である。前回はほとんど戦闘を行わないまま長州が恭順を示したため終結したのであるが、その後、長州内で過激派が勢いを盛り返し、再び尊皇攘夷を唱えて馬《ば》関《かん》で外国船を砲撃し始めた。これに業を煮やしたイギリス、フランス、アメリカ、オランダの四カ国は連合し、馬関砲台を黒船で攻めた。最新式の武装をした四カ国連合の兵は圧倒的な力を示し、たった三日間で砲台を占拠する。いわゆる馬関戦争を経験して、長州はようやく攘夷が絵に描いた餅であることに気付く。

尊皇思想のみを残し、開国を受け入れた長州は、土佐の中岡慎太郎、坂本龍馬の仲介で仇敵《きゅうてき》薩摩と陰で手を結び、倒幕に向けた力を結集し始めていた。幕府は不穏な動きを察知し、今度こそ徹底的に長州をたたき、威信を取り戻そうと画策した。

しかし、これに参加させられた諸侯は、今回も圧倒的な兵数の違いを見て、長州は戦わずに降参すると高を括っていた。士気は最低である。

なかなか降伏しない長州に業を煮やして、幕府は周防大島で戦端を切った。六月七日、幕府の所有する最新鋭の軍艦、排水量一〇〇〇トンの蒸気船「富士山丸」にて大島を砲撃した。この砲撃を指揮したのは井上八郎である。貞三郎は上陸させる兵を乗せた太江丸を後方に控えさせていた。太江丸はまともな武装をもっておらず、大砲戦には出る幕がない。

巨大な富士山丸の火力は圧倒的で、射程外から打ち込まれる矢継ぎ早の砲弾を受けて、周防大島の砲台は為す術なく沈黙した。

「よし、上陸だっ！」「長州のやつらを皆殺しにしろっ！」

太江丸から周防大島に上陸する幕府軍の兵たちは、士気が高かった。というより、貞三郎には、初めての戦闘にうわずってしまって、狂気に満ちた目をしているように見えた。銃は十分に行き渡っておらず、具足を着用し刀を帯びた兵がほとんどだ。口々に意味不明の叫び声をあげながら島に渡っていった。

長州はこの戦争を「四境戦争」と呼ぶ。芸州口、石州口、小倉口、周防大島口、の四方向から敵を受け、囲まれながら戦ったのである。兵力も大幅に劣る長州は、全方向に兵力を散らすことができなかった。周防大島口は最初から捨てて内陸で決戦を行うつもりで、兵をほとんど配置していなかったのである。なるほど、富士山丸へ反撃がほとんどなかったはずだ。

周防大島に上陸した幕府軍の中核をなすのは松山藩の兵だった。長州と松山藩は、瀬戸内を挟んで対峙《たいじ》する地理的関係にある。松山にしてみれば長州は近接する敵国ということになり、潜在的な恐怖がある。兵のいない周防大島は占領するだけで事足りるのに、潜在的な恐怖が必要以上の虐殺を、狼藉《ろうぜき》を引き起こした。農民、漁民を相手に暴れ回る松山藩兵を見かねて、長州の高杉晋作は予定になかった反撃を計画した。

深夜、貞三郎は不覚にも眠りこけていた。圧倒的な戦力差は幕府軍全体に油断をもたらしていた。周防大島で長州軍の反撃がなかったことで、開戦前の緊張から解き放たれて、太江丸の船上は反動で弛緩していた。貞三郎も船長でありながら例にもれず、つい酒を飲んでしまっていた。飲み始めると深酒になるのが貞三郎の悪い癖である。素面であれば、戦場に停泊中の船の蒸気を落としたりはしない。いつでも動けるように火を絶やさず、闇夜でも見張りを厳重にすべきだが、したたかに酔った貞三郎は、すべての指示を出し忘れてしまった。

安穏と停泊している太江丸へ、高杉の乗った小型の蒸気船「丙寅丸《へいいんまる》（九四トン）」が闇をついて近づいてきた。

「うん？　富士山丸が缶を炊いちょっとか？　蒸気機関の音がすっぞ？」

貞三郎はかすかな「シュー」という蒸気の音を波音の狭間から聞き取って、酔寝から目を覚ました。目をこすりながら甲板に出たところ、赤い光が閃くのが見えた。遅れて爆音が襲ってくる。

「ドーン」大砲の号発音と、弾の着水の音、五〇メートルほど手前で水しぶきの上がるのをほぼ同時に感じた。酔いが吹き飛んだ。

「敵襲だ！　缶に火を入れろ！」

最初に声を上げたのは貞三郎だった。貞三郎に鍛えられた太江丸の水夫たちは、普段であれば素早く反応して迎撃態勢を整えるはずだった。しかし、船長が酔って寝ている船である。士気が著しく下がっていた。状況をなかなか呑み込めない。寝ぼけ眼の水夫たちは、敵襲を認識するとともに恐慌をきたし、甲板を右往左往するばかりで始動作業の連携が全く取れない。

井上八郎の乗る富士山丸は先に目覚めたようだ。しかし、間に合うはずがない……。

立て続けに上がる水柱に肝を冷やしながら、錨《いかり》を上げ、帆を張ろうとするが、慌てふためく甲板で闇夜の作業である、普段の倍の時間をかけても準備が整わない。蒸気機関は起動する間がない！　たった一門だけ積まれている三〇ポンドのパロット砲に弾と火薬が運ばれているが、これも装填し照準を合わせるのに時間がかかる。

じりじりするほどゆっくりと動き始めた太江丸の帆を、一発の砲弾が貫いた。

「伏せろー！」

帆を貫いた敵弾は、舷側五メートルの海に着弾し豪快な水しぶきを太江丸に降り注いだ。富士山丸から、丙寅丸に向けてようやく砲弾が放たれ始めた。正面切っての砲撃戦を行えば、丙寅丸は富士山丸の敵ではない。元々奇襲のみが目的の高杉は、戦闘からの離脱を命じた。そそくさと戦闘海域を離れ闇に紛れる丙寅丸を、蒸気機関の始動が間に合わなかった富士山丸は歯噛みして見送った。貞三郎は酒臭い冷や汗で全身ぐっしょりと濡らしていた。

帆だけですんだのは奇跡だ。一発でも船に命中していれば、被害は甚大だったろう。富士山丸が少しでも応戦できたことがこの結果に繋がった。


貞三郎は富士山丸に接舷し、礼を言いに乗り込んだ。

「八郎様、素早く反撃いただいて助かりました。おかげで命拾いをいたしましました」

「何を言う。本来ならば、こんなことは最初から警戒すべきだったんだ。缶の火を落として眠りこけていた我らの手落ちだ。すまなかった」

井上八郎は貞三郎に頭を下げた。

「八郎様、頭をお上げください。それを言うのならば、私たちこそ、警戒すべきでした。船になれている私の罪が一番重い。戦場の雰囲気にのまれて、酒を飲み眠りこけてしまいました。猛省いたします」

貞三郎は井上八郎の足元に土下座した。

「実は私は、八郎様と同じ日向、延岡の出身でございます。子供んころから八郎様を心から尊敬申し上げちょります。頭を下げらるっと、恐縮の余り身が縮んでしまうごつあっです」

八郎は、貞三郎の言葉にぴくっと反応し、土下座する貞三郎の肩に手をかけた。温かい表情が顔に浮かんだ。目を合わせた二人は無言でうなずきあった。

「やはり、お主の出身は延岡であったのか。ずいぶん苦労しているようだな」

「はい、大きな声では申せませぬが、大武《おおだけ》の商家の出でございます。子供のころに、延岡城下で、お帰りになった八郎様をお見かけしたことがございます。十七の歳に延岡を飛び出し、それからいろんな土地を渡り歩きました。国禁を犯さねば行けぬ土地へも……」

「子細《しさい》は聞くまい。お主の経験したことは、今の姿を見ればおぼろげにわかる。お主のように貴重な人材が、同じ故郷の出であることを心から誇りに思うぞ。このように巡り合うのも間違いなく運命じゃ。困ったことがあればいつでも儂をたよってくれ」

八郎は、貞三郎の手をとりながら微笑んだ。

「ははっ。ありがたいお言葉です。しかし、私とかかわりがあることで、八郎様にご迷惑がかかるやもしれません。どうぞお忘れください」

「何を言う!! これからはそんな時代ではない。幕府は、お主の経験を重用しこそすれ、罪に問うなどもったいないことをしている場合ではない。大声で触れ回ることではないが、お主が捕縛されることは考える必要がない。胸を張って生きろ」

貞三郎は、井上八郎の温かい言葉に涙がこぼれた。これまでに本当の自分を打ち明けられたのは、延岡の両親と、若山健海医師、武田斐三郎だけだった。そこに、尊敬する井上八郎が加わって、味方になってくれた。幕府の要職にある武田と井上という味方を得て、震えるほど嬉しかった。

三、負け戦

周防大島には敵がいない。富士山丸も、松山藩兵を乗せた太江丸もここにおいておくのは無駄であると気付いた幕府から、激戦の予想される小倉口へ回航すべしとの命が下った。門司へ向かう。

門司には五万の幕府兵が集結していた。対する長州軍はわずか千人。

(これから行われるのは戦闘ではない。まともにぶつかれば虐殺になる。示威《じい》行動を行えば

戦わずして長州軍は降参する）
と誰でも思うだろう。しかし混成軍である幕府側は指揮系統が乱れ、長州をなめきったことで士気は最低である。

六月十七日、井上八郎と貞三郎は、明日、馬関への一斉上陸作戦を行うとの連絡を受けた。

（明日でこの戦いも終わる）

貞三郎を含め多くの幕兵たちはそう思っていた。

しかし、高杉晋作は全くあきらめていなかった。大村益次郎とともに虎視眈々と奇襲の機会をうかがっていた。そこに、

「幕軍が明日上陸作戦を行う」との情報が飛び込んできた。寄せ集めの軍隊からは、情報も簡単に漏れる。高杉は、出ばなをくじいて逆に門司に攻め入ることを決めた。

十八日払暁《ふつぎょう》、総攻撃を前に、最後の休息を決め込んで多くの幕兵たちは上陸して眠りこけていた。深い霧を突いて関門海峡に五隻の長州船が姿を現した。高杉晋作の操船する丙寅《へいいん》丸が葵《きが》亥《い》丸と丙辰《へいしん》丸を曳航、長州に協力する亀山社中の坂本龍馬が操船する乙丑《いっちゅう》丸が庚申《こうしん》丸を曳航。

門司に迫ると、訓練の行き届いた五隻からの正確な砲撃が雨のように降り注いだ。門司の港にひしめき合った数百にもなる幕軍の船は、その密集具合により格好の標的と化し、また、自らの動きを妨げていた。

早々に、砲台と軍船を無力化した長州軍は、小舟で奇兵隊を上陸させる。長州軍の装備は、先に密かに結んだ薩長同盟により、薩軍名義で購入した新式のミニエー銃を携えた洋装。対する幕軍は、戦国以来の甲冑《かっちゅう》と刀槍《とうそう》で武装した鈍重な姿。山縣狂介《やまがたきょうすけ》率いる奇兵隊は寡兵ながら圧倒的に強かった。少なくともそう見えた。

奇兵隊は、武士の集団ではない。高杉が身分を問わず募集した、農民や商人上がりからなる急造軍隊だ。戦闘訓練も所詮付け焼刃。生まれながらの兵士であり、戦闘訓練を平時から行っていたはずの幕軍が弱いはずがない。この時までは誰もがそう思っていた。

奇兵隊が十分に強くないことはちょっと考えればわかる。しかし、幕軍が予想を大きく下回りそれよりも弱かったのだ。士気の下がりきった、旧式のゲベール銃と槍を持つばかりの集団は、射程の長いミニエー銃の格好の標的に成り果てていた。さんざんに撃ちかけられると、蜘蛛の子を散らすように逃げ惑う幕軍。退却命令も待たず、大多数の兵が門司の町を捨てて逃散《ちょうさん》した。

日本で最初の近代的海戦といえるこの戦闘の模様は、坂本龍馬が兄の権平に宛てて書き送った手紙に詳しい。曰く、

「此所ニ小倉の蒸気船、肥後蒸気船など出たり引込めタリシテオレドモナニ故ニヤ救いニ

キタラザシ　長州の軍艦帆船龍戦将（龍馬の率いる船）　此船ニ玉二十斗アタル　蒸気船高杉船将（高杉の率いる船）　小倉の小船五百艘を焼く　ヤブレタル兵卒此道ヲ引取　長州方諸隊小船ニテ渡り陸戦ス　銃の音　ゴマいるよふニ聞ゆ」

坂本龍馬は砲撃戦の後、下関に引き返して山に登り海峡をスケッチした。そのくらい余裕のある勝利だったのである。兵士の数で圧倒的に負けていた長州。しかし負けていたのはその一点だけであった。士気、装備、情報、土地勘、作戦そのすべてで上回る長州軍は勝つべくして勝ったといえるかもしれない。何より、兵数の差に萎縮せず、この勝利を組み立てた大村益次郎の戦術、長州の兵を一つにまとめた高杉晋作のカリスマにただただ驚かされる。

さて、幕軍の輸送船船長としてこの負け戦に加わってしまった貞三郎。太江丸の船上から、焼け野原になった門司の町を呆然と見つめるしかなかった。胸中には武士の時代が終焉する光景が予言のように去来していた。

幕長戦争はこの後も暫く続く。長州軍の連戦連勝であったが、兵力が少なく勝ち取った拠点を防衛することができなかった。戦闘に勝っては海上に退き、また翌日進軍するという変則の戦いを強いられた。そうこうするうちに幕府、長州ともに大きな問題が発生した。

七月二十日、幕軍の総司令官、将軍家茂が脚気《かっけ》を悪くして死んだ。長州軍も高杉晋作の結核が悪化し、病床から指揮をとるのがやっとの状態になってしまった。両軍のトップがほぼ同時期に倒れる状況をもって、この戦争を続けようと思うものは誰もいなくなった。風船がしぼむように、この戦争は終わった。

幕府の武威を示して、諸藩の引き締め、求心を図ったこの戦争は、かえって全国に幕府の凋《ちょう》落《らく》を知らしめる結果に終わった。

四、茜空

長州から引き上げてきて、やっとのことで大坂港にたどり着いた貞三郎と井上八郎は、岸に足を下ろした途端、張りつめていたものが切れて、へなへなとそのまま岸壁の岩に座り込んでしまった。大坂港の岸壁にべたりと腰を下ろした貞三郎と井上八郎は、日暮れの海を見つめながらこの戦争を振り返っていた。

「貞三郎よ、こん戦《いくさ》は一体なんじゃったんじゃろか。儂は、商人の息子から武士になろうと思うて、こんげして幕臣になった。しかし、こん戦じゃ、武士が、奇兵隊なんちゅう刀技も騎馬もできんすこしばっかりの輩《やから》に散々に負ける光景を見せつけられちしもた。儂はこれから何をよりどころん生きちいけばいいとかわからんごつなった」

気落ちする井上八郎に対し、貞三郎の方が少しはましだった、ぎりぎりのところで心折れずにいた。

「八郎様、今は船酔いで体が弱っちょるから、そんげ考えちしまうんでしょう。武士が弱かってん、幕府がなくなってしもてん、自分で培った能力は自分だけのもんです。肩書を外した人と人との絆じゃっちあるはずです。そんげなもんは周りが変わっちしもても揺るがんとじゃないですか」

貞三郎は言葉を継いだ。

「私は、いつでん何かん追われち、身一つでいろんなところを渡り歩いてきちょったんです。慣れちきた居場所がねくなる度《たび》ん、世界が終わったかんような気持ちん襲われっとじゃけんどん、思えばそのたびんいつでん新しい次の道が開けちょりました」

「そうじゃな、儂のこれまでの人生、つまずきながらでん、師や友ん支えがあっち、ずっと一本の剣の道ばっかりを歩いちこられたと思っちょった。じゃけんどん今回の敗戦でぷつりと途切れた気がしちょる。しかし、儂はでえぶん恵まれちょったのかもしれんな。もういっぺん、自分の足元を確かめちみようか」

貞三郎は胸元からギヤマン玉を引き出し、八郎に見せた。

「私のよりどころはこれかんしれません。子供んころに船乗りからもろたオランダから来たギヤマン玉じゃと聞いちょります。長年肌身離さず身に着けちょるので、いいかげん煤けてちしもたんですが。人生の岐路でいつでんこん玉を眺めち、子供んころに感じちょった外の世界へんあこがれを思い出しちょりました」

夕暮れの空にかざしたギヤマン玉は、茜空の光をゆがめながら貞三郎の目に届けた。玉を通してみる水平線はふにゃふにゃと頼りなげに曲がっていた。

第六章　函館戦争

一、江戸開城

幕長戦争の戦時体制を解かれた太江丸は、幕府から仙台藩に貸与され松島湾を中心に輸送任務にあたっていた。

慶応四年（一八六八）一月。政局は混乱していた。

前年末に第十五代将軍徳川慶喜《よしのぶ》が政権を朝廷に返上した。さらに徳川の力をそぐべく、新政府は京の鳥羽・伏見で戦を起こした。兵数は幕府軍が圧倒的に有利であった。しかし新政府軍には勢いがある。局地戦では新政府軍が押し気味だ。

個々の戦闘では負けても、まだまだ戦力で圧倒する幕府軍には十分に勝機があった。

しかし、開戦翌日、突然戦況が一変する。朝廷が新政府側に錦旗《きんき》を与え新政府軍が官軍として確定した。幕府軍は朝敵となったことにたじろいだ。

幕府軍の総大将、徳川慶喜は、まだまだ戦況が不透明な開戦三日目、少人数で本陣、大坂城を抜け出し、船で江戸に走り戦闘から離脱した。総大将を失った幕府軍は総崩れとなり、散り散りに江戸へ逃れた。

慶喜は新政府への恭順を示し、江戸城に入らず上野の寛永寺に謹慎した。

しかし、旧幕臣たちの一部は納得がいかない。鳥羽伏見でも戦力では十分に勝っていた。まだまだ、海軍力では圧倒的に上回っているし、陸戦でも江戸城にこもり抗戦すれば十分に戦える。そう考え、慶喜の無抵抗な態度を理解しないものがいた。


このとき、幕府の命運を託されたのは勝海舟である。勝は、慶喜の心を正しく理解し、日本のために、泥沼の内戦を避ける道を探った。しかし、恩顧ある徳川家の存続、徳川慶喜の身分の維持だけは譲れない。東海道を東進してきた新政府軍の総大将西郷隆盛と江戸の薩摩藩蔵屋敷にて、捨て身の交渉に臨んだ。

「西郷よ、もういい加減にしねぇか、慶喜公は謹慎し反省文まで提出している。政権も自ら返上し、将軍職も降りた。これ以上徳川を苦しめる必要はねえじゃねえか」

「勝どん、おいが良くても薩長の兵、薩長に従う諸侯が納得しもはん。戦って勝ったしるしが必要でごわす。戦わんのであれば、慶喜公の首はお預けいただきもうす」

「慶喜公を見逃しても、戦う機会はいくらでもあるよ。榎本武揚《えのもとたけあき》や大鳥圭介《おおとりけいすけ》、新撰組や彰義隊など、慶喜公が恭順しても一向に戦意が衰えてねえ。そっちに集中しちゃあどうだい。それとも、おいらがまとめて恭順させてる旗本も一緒に相手するかい。全部合わせりゃ薩長軍にも負けねえ。日本は火の海になる。そうなりゃ、フランスやイギリスの思うつぼだぜ。そんだから、慶喜公はいち早く恭順したんじゃねえか。その慶喜公の首を差し出せとはあんまりだ。これ以上ごねるようだと覚悟しな」

どちらが降伏を迫られているのかわからない、勝の強気の交渉だ。

この強気には裏がある。実は、この会談に先立って、勝は幕臣の山岡鉄舟に下交渉を行わせている。

偉丈夫《いじょうふ》、豪胆を絵にかいたような男、山岡鉄舟は、駿府に布陣した薩長軍の真ん中を、

「朝敵徳川慶喜家臣、山岡鉄舟まかり通る」

と大声で名乗りながら闊歩《かっぽ》した。駿府城にいた西郷に面会した山岡は、勝に先立って同じことを頑として主張した。西郷は一八〇センチ、一〇〇キロを超える巨躯で知られるが、山岡は西郷をさらに上回る体躯を誇る。実に、一八八センチ、一〇五キロあったといわれている。大砲を小脇に抱えて号発したなどという伝説が残っているほどだ。平均身長一五五センチといわれるこの頃の日本人の中では、巨人とでもいうべき両名が会談し、激しくやり合った。

西郷は、この下交渉でほぼ折れていた。勝は、旗本は皆、山岡と同じように江戸を火の海にする覚悟でいると示し、念を押した。

西郷は、後に、この時の山岡鉄舟を評してこう言っている。

「あのように、命も金も名もいらぬ者は始末に困る。しかし、この始末に困るものでないと天下の大事を共に語るわけに参らぬ」

慶応四年四月十一日、ギリギリの交渉の末、幕府軍が武器を捨てて江戸城を明け渡すことと、新政府は徳川慶喜の罪を問わないことが決まった。


江戸城の無血開城がなされてすぐに、幕府海軍へ軍艦引き渡しの命令が下ったが、海軍総裁の榎本武揚はこれを決然と拒否する。西郷は納得できないが、かといってこの時の新政府の海軍力では、榎本たちを従わせるだけの力がない。それをいいことに、榎本は江戸湾に艦隊を留め、暫く情勢を窺った。徳川慶喜の処分が気になったのである。無血開城の約束どおり、罪人として扱わないか新政府の動向を注視していた。

自分は条件を守らないで、新政府にだけ約束を守らせようとするとは都合がいい話である。しかし、この時点の新政府と旧幕府の軍事力は拮抗していて、一方的に旧幕府が降伏するという内容の講和は、幕臣たちには承服できないし、新政府軍もどこかでこの条件は虫の良い話であると感じていたのではないだろうか。あくまで、江戸での決戦を避けるための方便、勝と西郷の腹芸であった。

陸軍についても気持ちは同じである。鳥羽伏見で破れて、陸上戦力は新政府軍の有利に傾きつつあるが、まだまだ相当の戦力を保持しているなかで、戦わずして降伏する選択肢は選べなかった。上野の山で小競り合いをした後、陸兵の彰義隊、新撰組、伝習隊は奥羽越列藩同盟、会津藩、庄内藩と合流して東北で決戦すべく北上した。

二、五稜郭占拠

榎本は、その後も暫く江戸湾に留まり続ける。慶喜は出身藩の水戸で謹慎すると決まり、恐れていた捕縛や、他藩への連行がないと見届けた榎本は、八月十九日になってようやく江戸湾を離れた。

艦隊の全容は、開陽丸《かいよう》（二八〇〇トン）、回天丸《かいてん》（一四五〇トン）、長鯨丸《ちょうげい》（九九六トン）、美賀保丸《みかほ》（八〇〇トン）、咸臨丸《かんりん》（六二〇トン）、蟠龍丸《ばんりゅう》（三七〇トン）、神速丸《しんそく》（二五〇トン）、千代田形《ちよだがた》（一三八トン）などとなっている。旧暦の八月十九日、新暦に直せば十月五日である。台風が襲来した、ただでさえ危ない犬吠埼で台風の風を受けてはたまらない。

蒸気船ではない美賀保丸はひとたまりもなかった。開陽丸が曳航していたが索《さく》が切れ漂流、銚子の北に座礁した。十三名が溺死、周辺漁民の救助を受けて何とか上陸した兵、遊撃隊士五百名は新政府軍の追撃を受けて投降する。総勢で二千名余りしかいなかった榎本軍の中枢をなす兵が、出港後瞬く間に自滅したことは、痛恨の極みであっただろう。

美賀保丸には遊撃隊士等六百十四名の他、武器弾薬、そして、軍資金十八万両が積み込まれていたという言い伝えがある。沈没した美賀保丸の引き上げは、幾度も試みられているが、いまだ成功せず、この軍資金の行方も藪の中である。

また、咸臨丸はもともと蒸気船で、太平洋横断も成し遂げた優秀な船であったが、この時、酷使がたたり、故障の多くなった蒸気機関が取り外され、帆走船に格下げになっていた。美賀保丸と同じく漂流し、下田に漂着する。清水湊で東上してきた新政府艦隊に追いつかれ戦闘になった。

新政府艦隊は、富士、飛龍、武蔵の三隻、咸臨丸は乗員四十名弱、故障して航行ができない。多勢に無勢。たちまち乗船され、白兵戦の後ほぼ全滅した。新政府軍は、咸臨丸を鹵獲《ろかく》するため、旧幕臣の死体を海に放り出し、清水湊に屍骸《しがい》が漂った。

さて、一方、松島湾に停泊していた太江丸と貞三郎たちは、貸与されていた仙台藩が奥羽越列藩同盟を結んだため、旧幕府軍側に組み込まれていた。

貞三郎自身のこの戦いに関するイデオロギーは薄い。徳川家への恩顧はあるが、武士たちのような執着はない。普段から誇りをもって船乗りの仕事に徹していて、政治には疎い。

（さて、成り行きで幕軍に参加することになってしまったがどうしたものか。私は兵士になろうと思ったことは一度もない。状況に流されるままに戦い続けて、果たしていいのだろうか。かといってまた逃げ出すわけにもいかず……）

気持ちが定まらない。

そうこうしているうちに、松島湾に榎本艦隊が入港した。犬吠埼の暴風雨を辛くも乗り切った蒸気船であったが、それでも無傷では済まなかった。主力の開陽丸でさえ、舵が壊れ転覆の危機をようやく乗り越えて松島湾にたどり着く始末だった。

また、既にこの時点では、東北戦争において新政府軍が優勢に立っていた。奥羽越列藩同盟は敗戦続きで、戦線は会津若松城に達し、会津が抜かれれば戦いの意義さえ失うという岐路に立たされていた。

榎本艦隊の来援は仙台藩士を力づけたが、既に時機を失したものだったともいえる。

状況を察した榎本は、東北を捨てて、当初からの目標であった蝦夷を抑えることに傾注しようと考え始めていた。出航の準備を進めていると、会津から仙台へ、榎本軍に参加したいという一団がやってきた。榎本と面会する。

「土方歳三と申す。会津の戦況は最悪だ。奥羽越列藩同盟もほぼ崩壊し、もう一方の当事者の庄内藩も新政府へ恭順することを決めた。会津とともに最後まで戦い討ち死にすることを選んだものもいるが、我らは少しでも勝つ可能性の高い蝦夷地へ赴くことにしたい。こちらの軍に合流させてもらえぬか」

榎本にとっては願ってもない援軍だ。

「名にし負う新撰組の面々に協力してもらえるのであれば、これほど心強いことはない。喜んでお迎えしよう」

土方の連れてきた兵は、新撰組の残党に桑名藩兵を加えて総勢百名ほど。江戸から仙台にたどり着いた船は既に兵であふれているため、新たにここで艦隊に加わった太江丸に乗船することとなった。

「蝦夷地まで乗せろ。蝦夷の近くは難所が多いと聞いているが、この船は大丈夫か?」

文久三年（一八六三）の壬生浪士組結成以来ずっと戦い続けている土方は戦場が身に沁みている。礼儀や遠慮など無用の気遣いはしない。貞三郎に失礼なほどぶっきらぼうに尋ねた。

「この船は、定期船として蝦夷江戸間を何往復もしてきました。図体が大きいばかりの開陽丸などよりよっぽど優秀です。心配する必要はございません」

貞三郎は丁寧に受け答えた。

「開陽を図体がでかいだけというが、今の日本の最新鋭艦だろう。それが、犬吠埼でぼろぼろになっている。六年戦場にあった俺が、敵のいない船で風に吹かれて死ぬのはやり切れん。真に大丈夫か」

「土方様は六年戦っているとおっしゃいますが、私はペリーの来る前から黒船に乗っておりました。もう二十年黒船の上におります。今の日本で一番経験を積んだ船乗りだと自負しております」

「ホラを吹くな、ペリーの来る前に黒船に乗ったやつがいるものか!」

土方は怒気を発した。

「嘘ではございません。嘉永元年に鎖国を破って、単身長崎からオランダに渡りました。オランダ船の船員としてアフリカ、インドを回ってヨーロッパを往復しましたし、蝦夷では自ら造船した船でロシアの港へも交易に赴きました。洋船の操船において、この日本に私の右に出るものなどおりません」

土方の売り言葉に、つい本音を漏らしてしまった。幕府が賊軍になって敗走している時代に、いまさら鎖国破りの過去にいかほどの罪があろうか。それよりも、自分の実績を売り込んで信用してもらう方が大切だ。そう感じていた。

土方は目を見開いて、貞三郎の話の真偽を見極めようとしていた。周囲にいた太江丸の乗組員たちも、初めて船長の出自に触れて驚いている。

「そうか！　ならば無用の心配はしまい。不運続きのこの戦で、俺はようやくあたりくじを引いたようだな」

土方は端正な口元をゆるめ、貞三郎の目を見て不敵に笑った。貞三郎は、この、戦いが板についた戦国武将のような風格の男に対面し、今までに覚えたことのない心のざわつきを感じた。

異色の経歴を明らかにしたこの日から、貞三郎は榎本軍で一目置かれるようになった。開陽への乗船も打診されたが、船員たちとの信頼関係を築いている太江丸に残ることに決めた。ただ、蝦夷への航路では、先導船として艦隊を案内する役を与えられた。

十月九日、江戸から来た六隻に、太江丸と、ともに仙台にいた鳳凰丸が加わり八隻の船団に戻った榎本艦隊は、東北戦争の残党二千名を新たに乗船させ、蝦夷へ向かった。

元々輸送船として優秀な能力を誇っていた太江丸は、貞三郎の整備と改造によって、さらに安定的に快速を出せる高速船に生まれ変わっていた。先頭を任された太江丸は速度を加減しつつ、親潮と三陸海岸にはさまれた航路を北上した。

松島湾を出て二日目、気仙沼に差しかかると前方の島影に洋式船のマストが見えた。榎本艦隊から隠れようとしたものの高いマストまでは隠しきれなかったようだ。新政府艦隊が先行しているはずはない。訝《いぶか》り、警戒しつつも八隻の大艦隊の威力に任せて島影に接近した。見覚えのある船だ。

「あれは、千秋丸ではないか？」

太江丸の艦上がざわついた。太江丸、鳳凰丸とともに、幕府から仙台藩に貸与されていた洋式帆船、千秋丸は、東北戦争を前に蝦夷への輸送任務の途中失踪したまま行方不明となっていた。暴風による沈没が疑われたが、東北戦争の混乱のさなか捜索は後回しになっていた。

「おお、よかった。千秋丸は無事だったんだ。一緒に蝦夷へ連れて行くぞ」

しかし、榎本艦隊が近づくと様子がおかしいことに気付いた、船員があわてて下船し、島へ向かってボートで逃げてゆく。

「武装して、あのボートを追え！」

「ボートの前方に向けて威嚇《いかく》砲撃を行え！」

貞三郎は緊迫した指令を矢継ぎ早に行った。後方の艦隊へも手旗信号で異変を知らせる。

鍛えられた太江丸の船員は、狙いどおりボートの前方五〇メートルほどの海面へパロット砲を着弾させた。砲撃に驚き、逃げ足が鈍ったボートに太江丸が追いついた。船上から鉄砲で狙いをつけ、降伏を促す。

「逃げるな、降伏せよ！　お主らは何者だ、仙台藩士ではないな！」

ボートを拿捕して、船員を甲板へ引き上げてみると、だらしない服装の人相の悪い男らが、うなだれている。

「海賊か？　千秋丸の船員はどこに行った！」

貞三郎が詰問したところ、海賊たちは観念したのかペラペラと一部始終を語った。

風よけのため停泊している千秋丸を発見し、世情の混乱に乗じて船を奪って売りさばくことを計画した。夜陰に紛れて乗船し、千秋丸の船員を殺して捨て、船を奪ったはいいが、洋式帆船の操船に慣れず、うまく運行できず四苦八苦していたところ、榎本艦隊の接近に気付きあわてて船を捨てようとしていたということだった。

捕縛した海賊たちを処刑した。

貞三郎は自分に罪人の処刑を行うなどという過酷な決断ができるとは思っていなかった。それをさせたのは、土方の目であった。戦場で命を燃やして生きる土方の存在に、知らず知らずのうちに、心を支配され始めていた。

千秋丸と太江丸を索でつないで曳航《えいこう》していくこととなった。艦隊は九隻に増えた。

三陸沖を過ぎた艦隊は、いよいよ函館へ近づいた。函館には幕末に設置された函館奉行所に替わって、新政府が設置した函館府がおかれていた。また、松前藩も新政府に恭順し、榎本たちに対抗しようとしていた。敵地である。だが兵力はわずかだ。

しかし、五稜郭は武田斐三郎が心血を注いで作り上げた難攻不落の要塞である。特に、海から攻撃しようとすると、弁天山に設置した台場が強力で近づくことすら難しい。それをよく知っている貞三郎は陸からの攻撃を提案した。

「五稜郭は難攻不落です。特に海から近づくと、この艦隊でも大損害を避けられません。函館を通りすぎた鷲ノ木に上陸できる浜があります。兵を上陸させて、陸から攻めるべきです」

武田斐三郎の元で建設を行った貞三郎の発言には説得力があった。開陽丸の軍事力に自信を持ち、その実力を試す機会を待ち望んでいた榎本も、渋々陸戦の提案を採用せずにはいられなかった。

十月二十一日無事上陸した榎本たちは、五稜郭のある函館府に向け、二方向から進軍した。大鳥圭介軍がまっすぐ南下し峠下から五稜郭の北辺を窺う、土方歳三軍が駒ケ岳を回り込み川汲峠を越えて湯の川方面から東辺を突く挟撃策だ。

政府軍への嘆願書を携えた使者として三十名が大鳥軍に先行して進み、峠下に宿営していたところ、函館府軍の奇襲を受けた。

先行した使者と合流した大鳥軍が大野で函館府軍を一蹴。土方軍も川汲峠で別の隊と交戦しこれを撃破した。

この二つの敗戦を受けて、函館府に榎本軍に抗する力がないことに気付いた函館府知事、清水谷公考は五稜郭をあきらめ、青森へ退却を決めた。

函館府の兵が海から去った後、榎本軍は五稜郭へ無血入城を果たした。鷲ノ木沖に停泊していた貞三郎たちの艦隊は、安全に函館湾へ入港した。上陸後、五日で函館を手中に収めた。


翌日のことである、函館湾に見慣れない蒸気船が近づいてくるとの報告が、弁天山から伝わってきた。たった一艦、日の丸の描かれた扇の旗印、秋田藩の船だ。


土方が閃いた。

「それは、秋田藩の高雄丸だ。函館がまだ新政府の支配地だと思い無警戒に近づいてきている。好機だ、旗を下ろせ」

五稜郭には、青地に菊の紋さらに赤い七陵星を重ねた蝦夷政府の旗が掲げられていたが、土方の指示で直ちに下ろされた。土方本人はすぐさま馬に飛び乗り港へ急いだ。高雄丸より先に港に着いた土方は、湾内の軍艦の蒸気機関を始動することを命じた。

何も知らない高雄丸が弁天山を過ぎて湾内に入ってくる。土方の乗った開陽丸が弁天山の陰からするするっと出て湾口を塞ぐ位置に進んだ。高雄丸が異変に気付いたときは既に遅い。弁天台場と開陽が後ろから狙い、前には残りの軍艦八隻が扇形に展開して高雄丸を囲んでいた。

土方は豪胆にもボートで高雄丸に近づき、腰刀だけの武装でわずかな部下を連れて乗船した。

「俺は榎本軍に参加する元新撰組副長、土方歳三である。函館は既に榎本軍が占領した。この船は無数の砲で狙われている。直ちに降伏せよ！」

土方は、芝居がかったしぐさで腰の愛刀、和泉守兼定を抜き放ち切っ先で砲の位置を一つ一つ指し示して数えた。

秋田藩士らは、泣く子も黙る新撰組鬼の副長、土方の名前を聞いただけでも肝を潰した。敵船に少数で乗艦し、刀を抜き放って構える美丈夫の姿に魂を抜かれた。抵抗の素振りも見せずに粛々《しゅくしゅく》と降伏した。

榎本軍は労せずして十隻目の軍艦を手に入れた。犬吠埼で二隻を失った後、幸運が続き、新たに四隻の軍艦を手に入れて大艦隊となった榎本軍は、この時津軽海峡の制海権を完全に手に入れた。

海を抑えておけば、本州からの新政府軍参戦を防げるということだ。このまま蝦夷から新政府勢力を追い出せば、蝦夷を旧幕臣たちの支配地として独立的に維持することができる。北方の護りを旧幕臣が担えば一石二鳥ではないか、新政府もきっとこれを認めるはずだ……。

これが、榎本の描いた絵だった。後年いわれるように、蝦夷に独立国を打ち立てるとまでは考えていなかった。あくまで、行き場のない旗本たちを引き取って、蝦夷地を開拓しつつ、ロシアの脅威に備える。幕臣の誇りを保ちつつ、新しい日本の国づくりに協力しようということだった。新政府を再び打ち倒し、幕府復権を企むなどという不穏当な計画ではない。

三、対立

榎本たちは函館と津軽海峡海を抑えたが、蝦夷にはまだ松前城が健在である。函館の位置する亀田半島の西、松前半島の日本海に面した福山に安政五年（一八五八）に新しく造られた城。三層の天守を持つ伝統的な造りの城郭だ。早急にこれを落とす。

函館を落とした翌日の十月二十七日、間髪を入れず、土方を指揮官として、七百名の榎本軍が松前城に向けて出陣した。旧暦の十月二十七日は新暦に直すと十二月七日になる。冬の北海道を徒歩で転戦するつらさを考えてほしい。函館を落としたら、一旦休息を入れて兵を立て直したいと思うのが心情であろう。そうしなかった榎本や土方の動きには、この地が最後の砦だと思う覚悟が感じられる。また、旧幕府軍はこの戦争で常に行動が遅く、幾度も失策を重ねてきた。遅まきながらその反省を行ったということかもしれない。

さらに榎本は、蟠龍《ばんりゅう》丸と開陽丸を率いて海上からの砲撃支援に向かおうとしていた。貞三郎はこれに危惧を感じた。

「榎本殿、松前に今、船を出すのは危険です。厳冬期に向かうこの時期、西の海はロシアからの寒風が猛烈な勢いで吹くことがあります。あの辺りは風除けの港も無く、吹かれたら開陽でもひとたまりもありません。逆をいえば、新政府も松前に援軍を送ることはできないはずです。あせらず陸上からの攻撃に留めるべきです」

必死に進言した。しかし、榎本は久しぶりの戦勝に興奮しているせいか、聞く素振りを見せない。

「貴殿の心配は、平時の商売を行うときにするものだ。今は戦時である。新政府の援軍がないというが、その確証はない。もし風が吹かず、新政府の増援が成功すれば松前城は護りを固めてしまう。松前を落とすのに時間をかけていたら蝦夷開拓の構想全てが絵に描いた餅になる。心配するな、風は吹かん、杞憂だ」

「しかし、もし開陽を失えば、それこそ蝦夷の独立維持が難しくなるのではないですか。ここは陸兵を増員して船は温存すべきです」

「ええい、うるさい！　一介の船乗りの分際で、俺に意見するなど生意気な！　お前に用兵の経験があるのか？　司令官は俺だ、黙って従え！」

頑なにこう言われてしまっては、貞三郎は口をつぐむしかない。

「そうおっしゃるなら、私には何も言うことはありません。ですがせめて、蝦夷の海を知る自分を開陽に乗せていただけませんか」

「だめだ、戦の最中にいらぬ雑音は聞きたくない。はっきり言おう、お前は邪魔だ」

榎本は、幕府の官費でオランダ留学の経験を持ち、オランダ語も話せる。現地で学んだ洋式船の操船と海戦においては、一番の権威であると自認していた。貞三郎の経験と実力が疎《うと》ましい。はっきりと貞三郎を遠ざけた。


十一月五日に松前城に着いた土方隊は、数時間で城を落とした。数時間である。

松前城の欠陥と、寡兵であったことが原因である。もちろん、土方は歴戦を重ねてきて、この時期最強の指揮官であったことは言うまでもない。しかし、それにしても脆《もろ》すぎる。

安政元年に竣工した城である。天守は時代おくれの近世城郭の体をしているが、近代戦に対応するための対策はしてあった。砲撃に備えて城壁には鉄板を仕込んであったし、しっかりとした砲台も備えていた。しかし、それはすべて海からの攻撃を想定したものだった。

陸路、搦《から》め手から攻められることは想定されておらず、砲台も、鉄砲狭間《はざま》もそちら側には用意がない。土方はそこへ兵を集中した。砲台がないため、松前藩兵は搦め手の門を開けて砲を豪発し、玉込めの最中は反撃を避けるため再び門を閉じるという攻撃を繰り返すしかなかった。抗戦が無理であることを悟った城兵は、城を捨てて江差方面へ退却した。

こうなってしまえば、榎本軍の勝ちは揺るがない。松前兵には拠るべき砦がないのである。しかも、これから厳冬期に向かう。兵站《へいたん》の破たんした軍は冬を越せない。土方はあわてなかった。松前で兵に休息を与え、七日を過ごした。

榎本の率いる開陽も、ここで船を温存すべく函館に引き返すべきだった。天候悪化の危険を冒す意味がない。しかし、榎本は勝ちに酔ってしまった。

「今回活躍したのは、陸軍ばかりだ。最後の江差は海軍が攻略するぞ！」

これが本音であった。負け続けのこれまでの戦で、初めての小気味よい勝利。それを、陸兵が成し遂げたことに嫉妬していた。榎本軍が新政府に勝っているのは海軍力だけであったはずだ。その海軍が活躍せずして榎本軍の力を示したことにはならない。日本最強の軍艦、開陽の実力を試したい。松前兵の息の根を止めるべく、開陽で江差を目指した。

江差は簡単に落ちた。もうすでに、戦う力を失っていた松前藩兵は開陽の姿を見ただけで戦意を失い敗走し、無血で江差を占領した。手ごたえはないが、一応の戦果を挙げた。江差で土方率いる陸兵を待った。十一月十五日になって土方隊は到着した。

「土方殿、ずいぶんゆっくりとした到着ですな。ここは、海軍が占領しておきました。開陽の姿を見せるだけで、敵兵は逃げてゆく。この先も、刀を抜く必要はありませんぞ。開陽はそれほど強い」

自信満々である。土方は苦笑いしながら、榎本の話を聞いていた。

その夜、突然風が吹いた。

船員が、榎本の宿舎に駆け込んできた。

「榎本艦長！　緊急事態です！　錨索《びょうさく》が切れたようです。開陽が流されています！」

陸にいて闇の中で、どうすることもできない。榎本は血の気の引いた顔をして、突風がガタガタと戸板を揺らす宿舎で一睡もできなかった。日が昇ってみると、開陽は座礁していた。浸水し大きく傾いている。

「榎本殿、開陽は蝦夷独立維持の要ではなかったのか。開陽がなくて戦えるのか」

さしもの土方も焦りを隠せなかった。榎本はただ呆然としている。

「開陽なしで独立の絵は描けん……どうしたらいいのか……」

うなだれて、昨日の威勢が見る影もない。

「まだ浮いているではないか。ほかの蒸気船を呼んで、引っ張ってみたらどうだ。岩場から出して修理すれば直るかもしれんではないか。まだあきらめるな」

土方に励まされている。開陽の松前行きを必死に止めた貞三郎の顔が頭から離れない。

開陽は結局助からなかった。救出のために駆けつけた神速丸がまたもや座礁し、榎本軍は主力艦二隻を失った。開陽の存在がにらみを利かせていた津軽海峡の制海権はこれで怪しくなった。

この報せを聞いて、貞三郎は怒りに震えていた。

「釜次郎（榎本の旧名）め、しかしかむねやつじゃ。うどまかさるっぞ！」

日向弁の悪態が思わず漏れる。

政治的な主張を持たず、船乗りとしての仕事に徹してきた以前の貞三郎であれば、榎本の下策にも大した感慨を持たなかったのだろうが、土方によってヒロイズムをかきたてられ、多分に戦闘的になっているところに、この事件で榎本に対する嫌悪感を自覚してしまった。榎本も自分を嫌っている。

似た資質を持ちながら、境遇のまるで違う二人である。一方は地方の町人あがりの卑賤の身、一方は幕府のエリートとして生まれついた旗本。双方に能力があるだけに、同じ鍋にぶち込まれると、互いに意識してぶつかり始める。

海軍の失態をよそに、陸軍は負けない。土方の隊とは別に、五稜郭から松岡四郎次郎率いる一聯隊五百名が出撃。二股を経て、館城、熊石と松前藩軍の残党を追い詰める。藩主は弘前藩へ逃亡し、十一月二十二日、残された藩兵三百は投降した。上陸して一カ月で蝦夷全土の平定を完了した。

蝦夷を平定した榎本たちは、函館政府を樹立し、総裁を入れ札で選ぶこととした。

実はこれが、日本で行われた最初の選挙だといわれている。入れ札は幹部のみで行われ、結果、榎本が総裁に選ばれた。失態を繰り返している榎本が総裁に選ばれたのは意外だ。

日本における選挙というものはその最初から、実力者を選ぶ制度としては機能せず、有力者グループのパワーバランスを量るものでしかなかったということだ。選挙人がそれぞれの派閥の代表に票を入れ、取り巻きの多かった榎本が僅差で最多得票となり、総裁に推された。

総数八五六票の投票の上位得票者を記載しておこう。

榎本武揚	一五六票	幕臣	海軍指揮官
松平太郎	一二〇票	幕臣	陸軍奉行
永井玄蕃	一一六票	幕臣	三河藩主の子
大島圭介	八六票	幕臣	歩兵奉行
松岡四郎次郎	八二票	幕臣	一聯隊隊長
土方歳三	七三票	幕臣	新撰組副長
松平越中	五五票	桑名藩主	

選挙で代表を決めたということで、この政権は「蝦夷共和国」と呼ばれている。蝦夷平定と政権樹立を以て満を持した榎本は、大久保たちの新政府へ蝦夷の開拓を認めるよう、嘆願書を送った。

「開陽は失ったが、陸を平定し政府を組織した我らに対し、薩長の新政府はきっと一目置く。冷静に考えれば、蝦夷を私たちに任せた方が素早く強固な国づくりが行えることがわかるはずだ」

この根拠の一つとして、諸外国がこれまで旧幕府と新政府の間で中立を保ってきたことが挙げられる。外国はいまだに、旧幕府に一定の権威を認めていたのである。

しかし、榎本の考えは甘かった。新政府の大久保利通が構想していたのは、幕藩体制の延長のような地方に自治権を大きく認める国体ではない。政府に権力と武力を集中した近代的な中央集権国家だ。そのためには、旧体制の領袖を完全に駆逐し、用兵権を奪わなくてはならない。蝦夷に、管理不能な旧体制の武装集団が残ることなど容認できるはずがない。戊辰戦争の締めくくりとして、蝦夷を武力で落とすまであきらめない。

蝦夷共和国からの嘆願書はにべもなく却下された。

とはいえ、蝦夷は厳冬期を迎えて、兵を送り込むにも難しく、行軍や野営ですら命懸けの寒さだ。津軽海峡を挟んでにらみ合いつつ、春まで一旦休戦せざるを得ない。

四、宮古湾海戦

明治二年（一八六九）春。蝦夷政府に不穏な情報が伝わってきた。新政府軍が陸奥の宮古湾に艦船を集結させている。しかも、その中には新政府と蝦夷共和国が納艦を争っていたアメリカの鉄甲船が含まれているという。

この船は、元々旧幕府が発注したものである。南北戦争が終わって、軍備が過剰になったアメリカに目をつけて、最新鋭の装甲艦を買い取ることに成功したはいいが、アメリカ東海岸から日本までの航海には一年を要する。その間に幕府は倒れてしまった。幕府の後継者は新政府なのか、蝦夷共和国なのか、はっきりしないアメリカは中立を決めて、どちらへも引き渡しを拒んでいたはずだ。

「情勢が新政府に傾いたのか」

榎本はこの情報を聞いて焦りを深めた。装甲艦の引き渡しについては、新政府に先んじてアメリカと交渉を始めたのは榎本であった。結局アメリカは中立を宣言して、船は得られなかったが、このアメリカの中立宣言が蝦夷共和国の一つの拠り所であったのである。

「大久保たちの新政府は、対外的に認められているわけではない。蝦夷政権にも独立を維持する道が残っている」

　そう思い込むことで、自らを励ましていた。

　そのアメリカが、新政府に協力し始めている。焦りを感じたのは、榎本だけではない。大鳥圭介も血相を変えている。榎本と大鳥と土方は五稜郭の部屋に集まった。

「榎本、これはまずい。ただでさえ開陽を失い海軍力の弱体化が不安視されているときに、開陽を上回る新鋭艦が新政府に加わったとなれば、我らには拠るべき所がない」

　榎本も不安を簡単に口にした。

「ただでさえ、守勢に回って士気の維持が難しいところに、これでは目も当てられん。この戦《いくさ》勝ち目がないぞ」

　土方だけが昂然とうそぶいた。

「総大将は窮地に陥ったときにこそ不敵に笑うものだ。幕軍に囲まれた高杉晋作がそんな顔をしていたと思うのか！　新鋭艦が問題ならそれを奪ってしまえば、簡単に立場が逆転するということだ。守勢がいやなら攻めて出れば済むことだ。宮古に甲鉄艦を奪いに行くぞ！」

　榎本と大鳥はぽかんとしている。

「開陽を失ったこの状況で、新政府軍の本陣へこちらから乗り込むなどできるはずがないではないか。馬鹿も休み休み言え」

語尾はあきれたのを通り越して怒りをにじませていた。

「榎本総督、いみじくも総督が自ら言ったのではないですか。この戦には勝ち目がないと。守っても勝ち目なし、攻めても自殺行為なら、どちらでも同じではないか。攻めて出る分だけ、士気が上がることを考えれば、宮古に乗り込む方がましだと考えられる」

「私に五隻くれ。敵の本陣だからこそ、まさかこちらから攻めてくるとは思っていない。向こうが出港する前なら奇襲できる」

榎本武揚は大鳥圭介と顔を見合わせて、不承不承との感じをにじませながら言った。

「そうか、それならお主の責任で行ってくれ。三艦だけだ。あとは函館の守りに不可欠だ。こんな博打で失うわけにいかん」

土方は口の端をゆがめて小声でつぶやいた。

「守り戦じゃ勝ち目がないと自分で言っておいて、この奇襲だけが唯一の勝ち目であるのに気付かないのか。全力を投入すればわずかな勝ち目も増えるものを……」

「なっ何か言ったか。お、俺の決定に不満があるのならはっきり言えっ！」

榎本の声は震えていた。新撰組鬼の副長、歴戦の猛者に対し虚勢を張るのが精いっぱいだ。

「いいえ、私は戦う場所があればいいだけだ。三隻でやって見せよう」

土方は捨て台詞のように言い切って、榎本たちの反応を見ずに部屋を出た。

土方はその足で、貞三郎の宿舎にやってきた。

「極秘事項であるが、これから宮古湾に敵船の奪取に向かうことになった。狙うのはアメリカから購入した装甲船『甲鉄』だ。お主の意見が聞きたい」

土方は、貞三郎の船の知識に一目置いていた。

「装甲船というのがどういうものか、私にはわかりません。また、私は船乗りですが、軍人ではないので戦い方は詳しくありません。それでも、何か意見を言うとすれば、外輪船はやめるべきだということです。船を奪取するためには、敵船に横付けして乗組員を渡らせなくてはならない。外輪があると横付けは難しい。また、奇襲をかけるのなら機関音が小さく湾内で小回りの利く小型の蒸気船を使うべきでしょう。逃げるときの砲撃支援用に大型船も湾外に待機させておくといいのではないかと思います」

「ふむ、俺も同じことを考えた。この作戦に勝機はあるか」

「奇襲が成功すれば、わずかながら成功の可能性があります。あとは、運が味方するかどうかです。宮古までの難航路を性能の違う艦で、足並みをそろえて艦隊行動するのは至難の業です。使える船の数が多ければ可能性は上がりますが」

「榎本は三隻しかよこさなかった」

小さく舌打ちした貞三郎は、小声で吐き捨てた。

「ヨロクソめ！　勝負どころちゅうこつがわからんとか！」

土方はそんな貞三郎を好ましく感じながら言った。

「そうか、それならばお主も来い。船の上から俺の戦いを見届けろ」

貞三郎も決死作戦であることはよくわかっている。なりゆきで函館に来てしまった感のある自分には、死を覚悟して無謀な作戦に挑むほどの思いはないはずだった。しかし、この時、榎本への怒りも手伝って、思わず土方の目に引き込まれた。

「喜んで行きましょう」

これが土方歳三の力だ。烏合の衆であった新撰組を固く結束させたカリスマはまだまだ健在である。


土方たちに与えられた船は、回天丸（一四五〇トン）、蟠龍丸（三七〇トン）、そして函館で秋田藩から奪取した高雄丸（三五〇トン）。貞三郎と土方は回天丸に陸兵とともに乗り込んだ。宮古の沖合で切り込み船である蟠龍と高雄に乗り移り、湾に侵入する計画である。回天は外輪船、後の二隻はスクリューを装備している。

三月二十日、函館を出港した三隻は艦隊行動をとりながら、三陸の宮古湾に向けて進み始めた。

「いやな風が吹いてきましたな」

貞三郎は、不安を感じて胸元のギヤマン玉を握りしめた。土方は口元を引き締めて前方をにらんだまま動かない。

「嵐が来ます。港に避難したいが、どうしますか」

「今は、奇襲作戦の最中である。敵地の港に避難して感づかれる危険を冒すわけにはいかん。何とかこのままやり過ごすんだ」

「それならば、蟠龍と高雄をこの船に索でつなぎ、島影に隠れましょう、少しは風よけになるかもしれません。春の嵐だ、秋ほどひどい風は吹かないはずです」

夜になり風が強まった。土方の脳裏にいやな記憶がよみがえった。開陽はこんな夜に座礁した。

案の定、悪い報告が届いた。

「蟠龍と高雄をつないでいた索が切れました、船灯が遠ざかっていきます」

「何をしている、缶に火を入れて両艦を追え」

土方の焦った命令を貞三郎が必死で遮る。

「星のない暗闇で嵐の中船を動かせというんですか。離れた両艦は小型で喫水が浅い。うまくすれば座礁せずに助かるでしょうが、この回天は無理だ、海岸線に近づけばあっという間に浅瀬に乗り上げてしまう。明るくなるまでできることはありません。耐えてください」

「お前が言うなら仕方ない。夜明けを待とう」

暴風は予想外に強く、回天のマストも一本折れてしまう。夜明けが近づき、風は弱まってきたが離れた蟠龍と高雄は付近にいる気配がない。空が白むとともに、缶をたいて探し回ったがどうしても見つからない。

「宮古の手前で合流できることを祈って先に進むしかない」

土方は、はぐれた艦が無事であることを信じ、先に進んで待つという決断をした。

三月二十四日、回天は三陸沖で二日間待っていた。この場所にとどまる時間が長ければ長いほど、敵に見つかる確率が上がる。しかし、突入艦がなければ、この作戦は非常に難しいものとなる。何とかどちらか一艦だけでもたどり着いてくれと祈り続けていた。

「高雄が見えます！」

との報告を受けて、土方は胸をなでおろした。

「よし、万全の態勢ではないが、これ以上待って勝機を失うわけにはいかん、二艦で奇襲するぞ」

二十四日の深夜に出発した二隻は、宮古の湾口に早朝五時に到着した。

政府軍を欺く偽装のため、土方と貞三郎の乗る回天はアメリカ国旗を、高雄はロシア国旗を掲げ湾に侵入しはじめた。ここで、また高雄から手旗連絡が入る。

（機関故障　速力上がらない）

土方は天を仰いだ。どこまでツキに見放されているんだ。

「今から引き返すことはできん！　この回天で突っ込むぞ！」

宮古湾内のどの船も煙が上がっていない。回天の特徴である三本マストのうち一本が折れてしまっていることが、政府軍を欺くのに好都合だった。警戒されてないことだけが救いだ。見慣れた黒船の艦隊の中に、明らかに一隻異様な外観の船があった。ほかにも春日や丁卯《ていぼう》などの軍艦はいたが、甲鉄の姿は一目で捉えられた。

排水量一三五八トン。舷側、甲板ともに七～一二ミリの鉄板で覆われ、甲板上に船室のような構造物が見当たらなくのっぺりとしている。その重さのためか、喫水が深い。水面から甲板までの高さが無く、大型の回天の甲板との落差が三メートルはある。

懸念のとおり、回天の外輪部が邪魔して横付けは無理そうだ。横っ腹に舳先《へさき》から突っ込むしかない。

「突入部隊用意はいいか！　アメリカ旗を降ろせ、日の丸を掲げろ！」

「貞三郎、甲鉄の横っ腹に乗り上げるつもりで突っ込め！」

土方は腰の愛刀、和泉守兼定をスラリと抜き放ち、昇ったばかりの朝日に刀身を煌めかせながら号令した。

貞三郎は、甲鉄の左舷に向けて回天を突っ込ませ衝突直前に外輪を反転してブレーキをかけるとともに面舵をとり、舳先が破損せず、できるだけ広く甲鉄に接触できるように調節して接舷させた。

ズズン。

鈍い音が、夜明けの静かな湾内に響き渡った。舳先から甲鉄の甲板へは飛び降りるしかない。刀や鉄砲を装備し、三メートルの高さを揺れる船の上から飛び降りるのは至難の業だ。

「ひるむな、飛び降りろ！　退路はないぞ！」

やけくそで飛んだ者が、一人、二人、と乗り移りに成功し始めたが、甲鉄の方でも事態に気付いて反撃が始まっている。

「敵襲だ、砲につけ！　一兵たりとも乗り込ませるな！」

甲鉄の甲板には、ガトリング砲が据え付けてあった。
バ、バ、バ、バ、バッと咳き込むような銃声が響き、銃弾の雨が回天の舳先を襲った。

その一点から乗り込むしかない場所に、機関銃の弾が集中してはなすすべがない。まだ数人しか甲鉄に降りていないのに、周囲の敵船からも砲撃が始まってしまった。甲鉄の装甲を信頼して、二隻が並んだ状態なのにかまわず撃ってくる。近接弾の水しぶきを浴びながら、土方は、この作戦が失敗に終わったことを痛感していた。

土方の横で操船を指揮していた甲賀源悟が被弾した。血を流しながら気丈に甲板に立ち続けていたが、眉間を撃ち抜かれ崩れ落ちた。

こうなれば、いつまでもこの戦闘に固執するべきではない。

「退却だ！　突入部隊は舳先から下がれ！　貞三郎、船を後退させろ！」

「甲鉄に乗り込んだ者たちが戻れませんが、どうしますかっ？」

「仕方がない、全滅するわけにはいかんのだ、見捨てる！」

甲鉄を奪えなかったということは、甲鉄の火力を当てにできないということである。敵艦隊の蒸気機関に火が入る前に素早く退かないと、集中砲火を浴びながら、全力の追撃を受けてしまう。先頭を切って決死の突入を果たした者たちを見捨てる決断は断腸の思いだが、この作戦には始めからこういう事態も想定されていた。虎穴に飛び込んで、虎児を得られねば親虎の起きる前に、なりふり構わず逃げるしかない。

「全速で湾から離脱する。この船が生き残ることだけを考えろ」

これは、高雄をも見捨てるという決断だ。惨めな敗戦。すべてが裏目に出ればこういう結果になる。乾坤一擲《けんこんいってき》の賭けに負けたのだ。宮古湾進入から退却までわずか三十分の戦闘であった。

貞三郎の巧みな操船と、四百馬力の蒸気機関を限界まで酷使したおかげで、回天は辛くも逃げきった。嵐ではぐれた蟠龍と再合流することができたため、二隻で函館に帰ることとなった。せめて、この蟠龍が宮古湾に届いていれば、高雄の機関が故障しなければ、甲鉄のガトリング砲を先に抑えることができたら、開陽が健在だったら、不毛なたら、れば、の思いが土方の脳裏に去来する。

機関が故障し速力の出ない高雄丸は、追撃してきた新政府の軍艦、春日に捕捉され、帰還を断念する。九十五名の乗組員は、田野畑村付近に上陸し、船を焼いたのち盛岡藩に全員投降した。

余談だが、軍艦春日には、砲術士官として、後に日露戦争の連合艦隊司令長官となる東郷平八郎が乗船していた。失敗に終わったが、この奇襲作戦を高く評価した東郷は、「意外こそ起死回生の秘訣」として忘れず、日本海海戦での采配にも生かしたという逸話が残っている。

五、降伏

新政府軍は、この宮古湾海戦の直後から蝦夷進撃を開始した。四月九日に江差の北、乙部に上陸を果たす。函館に開陽がなく、新政府軍に甲鉄がある状況では、津軽海峡の制海権は完全に新政府軍に移っている。一隻も失わずに蝦夷にたどり着いた新政府軍は、四千三百を数える大軍を渡海させることに成功し、軍を四つに分けて函館を囲むように進軍した。

函館政府も、歴戦の勇士、土方歳三や伊庭八郎、春日左衛門らの奮闘により、局地戦では勝利を収めるも、圧倒的な戦力差を背景にした戦略上の不利を如何ともできなかった。前方の敵を撃退しながらも、別働隊に背後を窺われ退却を余儀なくされる。

拡大していた戦線は、徐々に五稜郭に向けて収斂《しゅうれん》していき、四月九日の上陸からひと月で、函館は新政府軍に囲まれ総攻撃を待つばかりの状況に陥っていた。

函館湾には、蟠龍だけが浮いていた。千代田形は新政府軍に拿捕され、回天は機関部を砲撃で破損したため、弁天台場付近に故意に座礁し浮き砲台と化していた。対する新政府軍は、甲鉄、朝日、春日、陽春、延年、丁卯、千代田形の七隻からなる艦隊で迫り来て、艦砲の雨を函館に降らせようと狙っていた。

船の数では決定的に負けていたが、函館には武田斐三郎が作り上げた弁天台場と五稜郭がある。特に台場からの砲撃は強力で、五稜郭まで届く砲弾を打てる距離に新政府艦が近づくことを阻んでいた。

五稜郭にこもる榎本たちは、海を台場の守りに任せて陸に戦力を集中することで、総攻撃をしのごうとしていた。

五月三日深夜、弁天台場から突然爆発音が聞こえた。

「何事だ！　なぜ台場が燃えている！　急いで調べんか！　誰か、だれか、何か言え！」

榎本武揚は、無残に狼狽していた。五稜郭の内部はハチの巣をつついたような騒ぎになり、誤報が錯綜、一向に事態がつかめない。夜が明けて、土方が台場へ調査に赴き、ようやく何が起こったか判明した。

弁天台場は内部の犯行で爆発、大砲が使用不能になっていた。

榎本たちは軍資金を確保するために、重税を課し住民を搾取、豪商から無理矢理御用金を徴発するなど悪政を行った。これに反抗した函館の住民たちは地下組織をつくり、榎本軍の中に工作員を潜入させていた。その工作員の破壊活動が行われたのだ。

弁天台場を失い、艦隊を失い、内部の裏切り者への疑心暗鬼を抱えて、五稜郭に追い詰められた榎本たちは、意気消沈していた。貞三郎は食堂で土方に声をかけられた。

「貞三郎、どうした覇気が感じられんぞ、顔を上げろ」

「土方様、この状況で、榎本の下で、何に希望を持てばいいんでしょうか。私には不安とあきらめしかありません」

土方の額には血糊がこびりついていた。頬は硝煙で煤け、目は疲労で落ちくぼみ、羅紗《らしゃ》の軍服は土埃と破れが目立ち、ぼろぼろの状態だった。それでも土方は笑った。

「窮地のときこそ笑うんだ。打開策なんてお前が思いつかなくていい。落とし所はあの榎本が考えるだろうよ。やせ我慢でいい、顔を上げて笑うんだ。そうすれば……ましな死に方ができるぞ」

最後の言葉を小声で言って、悪戯っぽい目つきをした。貞三郎もその目つきに引き込まれ、笑った。すると、さっきまでの不安がきゅっと縮まった気がしてきた。

「よし、景気づけに何かうまいものを作りましょう。まともな材料は残っておりませんが、少し手をかければそこそこ食えるものができます。舌と腹を満足させれば兵の覇気も回復するというもの」

調理場の棚を探ると、萎びた男爵芋と黴《かび》の生え始めた牛蒡《ごぼう》と米を見つけた。土方が中庭にいた老鶏を二羽絞めてきた。

「一羽だけまだ生きていたよ。もう卵を産んでもいくつも食えまい。潰し時だな」

「おお、ありがたい、この鶏があればずいぶんまともな飯になる」

貞三郎は、鶏を湯に漬けて羽をきれいにむしった。腹から捌いて身と内蔵と骨に分ける。鶏の腹の中は驚くほどに熱い。丁寧に包丁を入れ骨に付いた肉を見事に切り離した。

骨で鶏の出汁を煮出した。この出汁と醬油と酒と砂糖を使ってたれを作り、ささがき牛蒡と小さく刻んだ鶏肉を具にして「かしわ飯」を炊く。

男爵芋は、一寸角の賽《さい》の目に切り分け、鳥の内蔵とともに、さっきのたれに酢を加えてくっきりとした濃い味付けで煮詰める。

かしわ飯は砂糖の甘さを生かした薄味で、芋は酢の酸味が際立つ濃い味に。芋を具にしてかしわ飯でにぎり飯を握った。誰かが白葱を見つけてきたので、鶏皮を細く糸状に刻み、白髪葱と一緒に具にして根深汁を作って添えた。

こんなにまともな料理は久しぶりだ。

土方も貞三郎も、他の兵たちも、両手に握り飯をつかみ黙々とむしゃぶりついた。根深汁を啜《すす》る段になると、目に明らかに生気が戻ってきた。うつむいていた兵たちの顔が前を向き、唄を歌いだす者までいた。

「貞三郎よ、お主にはこんな才能もあったんだな。これでまた、血と硝煙にまみれた戦場に戻ることができる」

土方は殺気を放ち始めた。

「さっき、土塁《どるい》の上から敵軍の陣容を見てきたが、明日が総攻撃だろう。機先を制して、一泡ふかせてみるか」

貞三郎も覚悟を決めた。

「いいですね、蟠龍がまだ動きます。蝦夷海軍の最後っ屁を敵艦隊にかましてやりましょう」

「俺は、弁天台場に援軍に行く。銃の撃ち合いは飽きた。京で働いた昔を思い出して、白刃を抜いて突撃でもしてみるか」

ちょっとそこまで散歩するくらいの雰囲気だ。


五月十一日未明、貞三郎は蟠龍丸に乗り込むと、朝の東風に帆をはらませて静かに出航した。函館山の山陰を背にして、湾口に投錨する敵艦隊へ向けてするすると近づいて行った。

「接近して一撃必中、離脱して浮き砲台の回天前まで敵艦隊を引きつける。後は弾薬がつきるまで撃ちまくれ。明日の戦いは考えなくていい。この一戦に総力を傾けろ」

砲の射程に敵艦隊が入ってきた。

「機関手、缶に火を入れろ。甲板員、帆を降ろせ。砲手、正面の一隻に照準を合わせろ」

矢継ぎ早に命令を下す。さすがに、敵艦隊も蟠龍の接近に気がついた。煙突から上る煙が濃くなり、迎撃態勢をとり始める。

蟠龍の搭載砲は六門。六斤施条砲が二門、残りの四門は射程の短い十二斤滑空砲だ。まだ届かない。施錠砲は射程が長いが口径が小さく威力が弱い。当たり所が良くないと効果がない。

「正面の朝陽丸だ。慎重に狙え。撃て！」

一発、二発、三発、当たらない。四発、五発、六発、近接弾もない。十二斤砲の射程が近づいてきた。しかし、十二斤砲は砲門が舷側についている。船を横に向けないと撃てない。貞三郎は迷わず転舵を命じた。

「取り舵いっぱい！　朝陽丸に左舷を向けて斜めに切れ上がれ」

「射程にとらえ次第、十二斤砲撃て！」

左舷の十二斤砲二門が火を噴いた。大きな弧を描いて朝陽丸に吸い込まれるように弾が落ちて行った。命中だ！　次の瞬間、ド、ド、ド、ドンと連続した爆発音が響き、すさまじい爆炎が朝陽丸に上がった。

「おおっ！　天佑《てんゆう》だ、弾薬庫に命中したぞ！」

轟沈する朝陽丸を前に回頭した蟠龍は、怒り狂う敵艦隊を引き付けて、弁天台場までたどり着いた。浮き砲台と化した回天の応援を受けて、必死に豪発を続けた。小回りの利く長所を生かして「8」の字に運動しながら、左、右、正面の砲を有効に使って砲撃を連続した。敵艦隊の砲撃が雨のように降り注ぐが、ちょこまかと動く蟠龍に芯を食う命中弾を与えることができない。貞三郎は粘った。日が高く昇ったころ弾薬が尽きた。

「総員、よく頑張った。これより本艦を座礁させ機関を破壊したのち、ボートで弁天砲台へ退却する」

ボートが弁天砲台下につくと、砲台要塞から鬨《とき》の声が上がった。敵艦朝陽の轟沈は、函館政府軍の士気を回復させるのに、大きな役割を果たしていた。

しかし、榎本軍の抵抗もここまでであった。

この日の午後、一本木関門付近で土方歳三が死んだ。

騎乗のまま最前線に立ち、指揮をしていた土方の腰を銃弾が貫いた。落馬した土方は、柵に上半身をもたれさせ、

「おれはこの柵にいて、退くものを斬る！」

と自兵に発破をかけ目を見開いたまま息を止めた。文久三年（一八六三）の浪士組結成から続いた土方の戦いは、北の果てに死に場所を得て、ようやく終わった。

五月十八日、榎本武揚は新政府軍に降伏し戦いを止めた。

この決断を歴史的に評価する人もいるだろう。榎本が兵卒の助命嘆願をして、自らは自刃しようとしたことを美談とする人もいる。

しかし、彼はオランダへ留学したエリート幕臣でありながら、徳川家を最後まで支えようとしなかった。慶応三年（一八六七）、オランダから帰った榎本は、その留学経験を評価され幕府海軍を握る。その後は、旧幕府から与えられた軍事力を私《わたくし》し徳川家と袂《たもと》を分かち、自らの戦いを始めた。そして、旧幕臣たちの担ぐ神輿に乗って、蝦夷にたどり着くも、敗色が濃くなり降伏。新政府に投獄されるも、早々に釈放になり敵対していた新政府に仕え重用された。

貞三郎は逃げた。

この戦いに図らずもどっぷりと関わってしまったが、反新政府というイデオロギーを持っていたわけではなく、もともと士族でなかったため、禄《ろく》を失う不安も、身分が下げられる不満も持っていなかった。土方の死んだ今となっては、敗戦の処分を受ける覚悟もない。榎本と名を連ねるのも気が悪い。

（俺は、船乗りでおられればよかったんじゃ。なんで、ここん居ることとんなったとか、いまだんよくわからん。居場所を探しちょったら、こうなった）

逃げることにかけて貞三郎の右に出る者はいない。気配を消して町人に紛れ、新政府の船に船員として潜り込み蝦夷を離れた。

ギヤマン玉は誰の目にも触れないよう、懐深くしまいこんだ。

第七章　西南戦争

一、異能者

夏になっていた。梅雨明け直後の炙るような日差しが照りつけて、剃りあげたばかりの青々としていた広い月代が、赤くなりヒリヒリと痛む。貞三郎を乗せた船は横浜に着いた。船を降りた貞三郎は、灼光を避けながら影を選んでうつむいて歩いていた。ここに来て、ようやくこれからのことを考える時間を得た。

（私は、これからも隠れつづけて生きていくんじゃろうか。函館で居場所を得て、堂々と生きていたのに、気がつけばまたお尋ね者になってしまった。居場所を追われるのはこれで何カ所目じゃろう。根無し草《デラシネ》の人生じゃ）

まだ肌寒かった函館から着てきた袷《あわせ》羽織を脱いで小脇に抱えた。どこかで金魚売りの声が響いている。懐のギヤマン玉を握りしめながら、これまでに積み重なった心の負債を返済する方法を考えた。

（逃げ続けて、故郷にも帰らず、友人にも会わず名を替えて仮暮らしをすることはできる。これまでもそうやって生きてきたっちゃ。しかし、もう四十になるのに家庭を持つことも、親

孝行をすることもできん。どっかで過去を清算する必要がある）

埃っぽい横浜の道に逃げ水が見える。ゼーモウスの船で訪れたセイロンの風景を思い出していた。

（何もかんも告白して見合った罰を受けよう。それが死罪であってもいいじゃねえか。偽りの生活を続けるより、自分が自分であることを取り戻して死ねるなら本望だ）

刹那《せつな》的にこう思い至った貞三郎は、時を置かず横浜の奉行所に出頭した。函館で榎本軍として戦ったことを告白すると、ただちに捕縛され、東京に送られて取り調べを受けることとなった。

「名を名乗れ」

「日向延岡藩出身、満石貞三郎と申します」

「日向の侍がなぜ蝦夷にいたんだ」

「まず、私は士分ではありません。商家の生まれで、黒船の操船技術を買われて幕府に雇われ、その流れで函館で戦うこととなりました」

「黒船の操船をどこで覚えた」

「密航して、オランダ船に乗り込んで覚えました」

「何！　それはいつのことだ」

「密航したのは嘉永元年です。嘉永六年までオランダ船に乗り、欧州を中心に航海しておりました」

開き直った貞三郎は、冷静にすべてを話した。取り調べに当たった役人は当惑していた。

「そんな話、聞いたことがないぞ。俄《にわ》かには信じられん。それが本当だとすると儂の手には負えん。上に報告する」

大部屋から独房に移されて次の取り調べを待つ。

十日も待たされただろうか、ようやく取調室に呼び出されると、机の向かいに額の異様に広い侍が座っていた。

「満石殿、どうぞお座りください」

丁寧に椅子をすすめられた。

「私は、長州藩出身で大村益次郎という。満石殿のことは、武田斐三郎殿から詳しく聞いた。驚くばかりの経歴だな」

「いえいえ、流れに身を任せて生きていたらこうなったまでです。武田様に見出していただきました。尽きせぬ御恩を感じております」

「さて、函館の戦いの検分を行うために、蝦夷共和国の役職者をつぶさに調べたが、満石殿の名前はござらんな」

「ええ、生来目立つことが苦手で、出自もあやふやなものですから、役には付きませんでした。榎本に嫌われて遠ざけられたせいかもしれません」

「好都合。処罰者の名簿から外すことができる」

「しかし、間違いなく蝦夷共和国の船に乗り、兵を輸送し砲撃を指揮し、多くの政府軍の兵を殺傷したことは間違いありませんぞ。罪をまぬかれることはできないでしょう」

大村は、困惑する貞三郎に顔を寄せて熱っぽく語った。

「今の日本に満石殿のような異能者を処罰している余裕はない。ただでさえ、御一新と戊辰の役で有為の人材を数多く失った。生き残った者は恩讐《おんしゅう》を超えて、日本の将来のために力を合わせて働かなければならん。明らかな責任者や、政府への反抗心を消せぬ危険人物には牢に入ってもらうが、満石殿にはその能力を存分に発揮してもらうことで、罪を帳消しとしたい」

貞三郎は机に手をついて深々と頭を下げた。

「私のようなものにできることは船に乗ることと、商売くらいしかありませんが、場所を与えていただければ、骨身を惜しまず働きます」

二、内藤政挙公

貞三郎に最初に与えられた仕事は、新政府所有の軍艦「丁卯《ていぼう》」艦長であった。しばらく近海の測量及び輸送任務に従事している。

あるとき、江戸湾に停泊している丁卯上の貞三郎を、見知らぬ若者が訪ねてきた。二十歳そこそこに見えるが、年に見合わぬ落ち着いた雰囲気を漂わせている。恰幅の良い体にフロックコートをまとったその若者は、思いもよらぬ名を名乗った。

「私は延岡藩知藩事（藩主）内藤政挙《まさたか》である。貴君が延岡藩出身であると聞いて、仕事の依頼をしに参った。故郷のために働いてみぬか」

貞三郎は反射的に最敬礼を行っていた。明治政府のどんなえらい人物に会うより深い緊張が走る。頭を下げたまま話した。

「二十年前に身勝手に飛び出した私を、帰藩させていただけるのであれば、どのような仕事でもいたします。何なりとお命じください」

貞三郎は体の震えを止められなかった。藩邸に呼び出されたのではない。藩主、政挙公自ら貞三郎の船を尋ねてきたのである。信じられない。

「恐縮せずともよい。四民平等・版籍奉還の世の中じゃ。貴君が延岡の領民であったとしても、最早私に仕える必要はない。それどころか、貴君は幕吏から明治政府の役人になった身分ではないか。私の命を聞くのではなく、故郷に思い入れがあったなら引き受けてくれればよいのじゃ」

「もったいないお言葉です。喜んでお引き受けいたします」

「は、は、は。まず顔を上げなさい。まだ仕事の中身を話していないではないか」

貞三郎は恐る恐る頭を上げ、政挙公の胸元あたりを見た。顔を直視することはできない。

「実はこの度、地方にも貿易が許可され外国と自由に取引を行えることになった。知ってのとおり延岡は貧乏藩であるが、延岡初代の政樹《まさき》公以来教育に力を入れてきたので文化度が高い。能力の高い士族や町人が多いということじゃ。自由に外国と商いができれば、これらの人材が活躍する場ができると思ってな、船を一艘買ったんじゃ。『顕光丸《けんこう》』という。これを使って、支那と茶の商いをしたいと思っておる。どうじゃ、この事業を手伝ってはくれぬか」

貞三郎は居住まいを正した。

「改めてご返事させていただきます。交易、操船は私の最も得意とする仕事です。私の培《つちか》ってきた能力を、故郷延岡のために生かせるのであれば、何を差し置いても協力させていただきます」

「そうか、よろしく頼む」

明治三年（一八七〇）四月。延岡を追われてから十六年が過ぎていた。延岡、大武の港に戻った貞三郎の出迎えは盛大だった。紺の詰襟の肩と袖に金モールの付いた船長服。月代を剃らず短髪に刈りそろえた髪を白い船長帽で隠して、口髭を蓄え、長年船の上で焼いた浅黒い肌をした貞三郎は、大武の人たちが初めて見る洋装の大人物だった。

岸壁に町中の人が集まったのではないかと思えるほどの人垣ができていた。船を降りた貞三郎に、初めは気後れしたのか遠巻きにしていた人々は、貞三郎が手を挙げて微笑むと、一斉に近寄ってきた。背を叩き、手を取ってさすり、口々に声をかけてきた。

「お前ん顔を見るのは、二十年ぶりじゃ。あん目立たんかった子供が、こんげ立派になって帰ってくっとは、ひったまぐっぞ」

確かに、町の人に顔を見せるのは、オランダに密航する年以来だ。

「『おらんだ貞』の噂はまこつじゃったんじゃな。気弱そうじゃったお前んどこに、そんげな度胸があったたっちゃろうかねぇ」

自分でも信じられない。ただ流されていたらオランダにいただけだ。

実家の「酢屋」は健在だった。白髪勝ちの父母は、店の前で誇らしげに微笑んでいた。

「ただいま、もどりました」

貞三郎は、そういったきり、次の言葉が出て来ない。落涙を必死で堪えていた。

「よう帰った。函館で戦になったたっち聞いたときは、もう駄目じゃっち思ったぞ」

父は、涙を滂沱《ぼうだ》と流しながら貞三郎の手を取った。貞三郎はもう片方の手で母の肩を抱いて引き寄せ、三人で抱き合うようにして、泣いた。


茶の貿易は難航した。日本の一《いち》地方から国外に輸出可能な品は、当時、生糸と茶と米くらいしかなかった。養蚕の産業化がされていない延岡では、選択肢は茶と米しかなかった。米は国内の流通ルートが確立されて安定しているので、茶が最も輸出に取り組みやすい商品であった。消去法で選択された商品である。

生産量はそれなりに多かったが、需要が判っていない。外国人がどのように加工された茶を好むのか、相場がどれくらいか、支那のどこに市場があるのか。全て手さぐりで始めねばならなかった。

明治四年六月。貞三郎は、試しに何種類かの茶と、毎回数は揃わないが確実に売れるであろう竹細工などの工芸品を顕光丸に積み込んで、英語もオランダ語も通じる上海《しゃんはい》へ行ってみることにした。

上海は当時、アヘン戦争の講和条約、南京条約でイギリスに租界《そかい》の設置が認められ、それを皮切りに各国が集まって活発な経済活動が始まっていた。貞三郎自身、嘉永六年にオランダから帰国する際、寄港してその活況ぶりを見ている。

顕光丸は、全長三五メートル、積載量四〇〇トン、六ポンドカノン砲を二門搭載した洋式帆船。日の丸と、白地に下がり藤を染めた内藤家の家紋を掲げて入港した。

イギリス租界にはうさん臭い商人たちがたむろしていた。アヘン戦争に負けて表面は卑屈に見えながらもしたたかさをにじませている支那、インドと支那で勝利して日の出の勢いのイギリス、ナポレオン三世の統治下でアジアへの権益を拡大中のフランス、南北戦争が終わり余った武器を売りさばき中のアメリカ、鉄血宰相ビスマルクの下で統一されたドイツ、等々列強たちが複雑な政治状況を背景に経済の分野で鎬《しのぎ》を削る、複雑怪奇な街になっていた。その中に、長年鎖国を続け、全くと言っていいほど国際政治の世界に触れてこなかった日本の諸藩が飛び込んで商売をしようというのだから、普通に考えれば食い物にされるのが落ちである。

貞三郎は、まず、諸国の複雑な関係を理解するために情報を収集した。

国土が広く資源の豊富なアメリカは、本来、東アジアに積極的な進出意欲は持っていなかったが、泥沼の内戦が終わったばかりで、国力回復のため躍起になっている。

イギリスの東アジア侵攻は急速に進捗《しんちょく》中だが、同じくアジアの利権を求めている長年のライバル国フランスと互いに牽制しあっている。

プロイセンを中心に宰相ビスマルクによって統一されたばかりのドイツは、フランスと全面対決の姿勢を示し、本国では戦争が始まっている。

得意の語学力を駆使して、これらの情報を得た貞三郎は、戦争を終えて国力回復中のアメリカに目をつけた。他の国は戦時体制で、茶などの嗜好品は後回しにされて高く売れないと踏んだ。

アメリカの問題点は、大陸の東海岸が経済の中心であるため、大西洋、インド洋、南シナ海と経由してここまで来なければならず、地理的に一番遠かったことである。しかし、大陸横断鉄道が昨年開通し、これから鉄道と太平洋航路を使った新しい道が確立し、ぐっと距離が縮まるはずだ。

ヴァン・リードという商人を見つけた。オランダ系アメリカ人であるが、ハワイに住んで、日本と盛んに行き来しているとのこと。貞三郎より少し若いが、商売の傍らハワイ王国の総領事を務めているという。

貞三郎が面会を申し込むと、食事の席に招待された。共同租界にあるリードの邸宅に招かれた貞三郎は、豪勢な部屋と食卓に目を白黒させた。

竹林と池のある中庭を見渡す支那風の造りだが、内装だけが洋風に作り替えられていた。二階の床をぶち抜いて天井を高くした部屋には、むき出しの梁からシャンデリアが下がっていた。大きなくるみ材のテーブルにも、銀の燭台が置かれ、夕暮れの部屋を昼のように明るく照らしている。洋食器に見慣れない料理が盛られていた。

鰹《かつお》や昆布の繊細な出汁が日本料理の基本であるが、この時食卓に並んだのは中華料理。どの皿も、獣や魚介を長時間煮出して取り出した、含んだ口の中から零れ出すような濃厚な出汁が効いている。

中でも、衣をつけて胡麻の油で揚げた鶏に茶褐色の餡をかけた料理が気に入った。

この頃、日本では肉を油で揚げるという調理法は一般的ではない。カリカリに揚がった衣の中のまだ赤みの残る肉からあふれる肉汁。この、生肉感の残る仕上げは、貞三郎がヨーロッパの食文化に触れていなかったら拒絶していたかもしれない。その肉に絡まる干し鮑《あわび》の出汁の効いた茶褐色の餡の芳醇さ。世界中の料理を食べた貞三郎も、永い歴史の中で豪快さを残しつつ洗練された中華料理の境地には脱帽であった。

最高の料理と酒で緩んだ気持ちを引き締め直して、延岡のために交渉を開始した。

ぬるめの湯を注ぎ、ゆっくりと蒸らして淹《い》れた延岡の緑茶を、リードにふるまった。料理が出される前は、塩気を感じるほどに旨味の効いた煎茶の味が、果たしてアメリカ人に理解できるだろうかとの不安があったが、あの料理の後で自信がついた。あれほどの料理を出す味覚の持ち主であれば、きっとこの茶の味が判るはず。

「ミスターリード、あなたならこのお茶の価値が判るのではないですか。延岡藩は、まとまった量のお茶を提供することができます。定期的な取引を受けていただけませんか」

リードは緑茶を口に含んで目を閉じた。ゆっくりと香りと旨味を味わっている。

「面白い。お茶はアメリカで売れます。特に宇治茶という製法のお茶が好まれるようです。延岡のお茶にも似たものがありますね。このお茶なら十分取引の対象にすることができるでしょう」

「定期的にまとまった量を手に入れられるなら、私がハワイ経由でカリフォルニアまでつなごうと思っている定期航路の主要交易品として、もってこいかもしれません。確実な量と、納品の時期を教えていただければ、しっかり利益の出る金額をお支払いしましょう」

ヴァン・リードは乗り気だった。情報収集の成果だ。いい商売相手にめぐり合えた。

「早速延岡へ帰って、宇治茶の生産態勢を確認し、輸出できる量を決めてまた戻ってきます。その際は、ぜひとも取引いただきたい」

貞三郎とヴァン・リードは固い握手を交わした。

明治四年(一八七一)十一月。十分な成果を得た顕光丸は、上海を後にして延岡港へ戻ってきた。勇んで成果を報告しようとした貞三郎は、ここで衝撃的なニュースを聞かされる。顕光丸を待ち受けていた男は、廃藩置県で配置された美々津《みみつ》県の役人と名乗った。

「廃藩置県ちぁなんだ」

貞三郎は目をしばたきながら役人に聞き返した。

「藩を廃し、県を置くことになったのである。知藩事であった内藤政挙公は、職を解かれ華族に任ぜられたのである。そして、新たに新政府から県令が任命され、延岡にやってこられた。七月のことである。日向には延岡県、高鍋県、佐土原《さどわら》県、飫肥《おび》県ができた。しかし、落ち着くまもなく十月には県が合併し、美々津県と都城県になった。この船は、現在美々津県の所有物である」

ほんの数カ月上海へ出かけて帰ってくると、浦島太郎になったかのような境遇の変化を味わわされた。

「内藤政挙公の命を受けて、上海の商人と茶の取引をまとめてきたんじゃが、この商売は続けていいのだろうか」

「それは、儂には判らん。船を受け取るように命ぜられただけである」

「じゃあ、誰に聞いたら判るんじゃろうか」

「それも儂には判りかねる。自分で何とかしろ」

ひどい話である。貞三郎は片っ端から延岡中の役人に聞いて回った。しかし、いつまでたっても責任者に行きつかない。

「それは、美々津の本庁に行かないとだめだ」

と言われて四〇キロ南に離れた美々津に行ってみれば、

「ここに、貿易の担当者はいない、延岡支庁に戻れ」

と突き返される。どこに行っても、ここじゃないとしか言われない。では、勝手に顕光丸を使おうと思うと、番人がいて許可を得て来いと追い返される。貞三郎は、長く延岡を離れていたので、責任者に繋がるつてを持っていなかった。

役所自体が、版籍奉還、廃藩置県、県の再編と続く制度変革の中で混乱を極めている。こんな状況で、役人が、外国と貿易をするなどという厄介な事業に取り組めるはずもなかった。せっかく政挙公が延岡のために購入した顕光丸も、貿易と操船に稀有な能力を持つ貞三郎も、宝の持ち腐れとなってしまった。

（このまま、私の見つけてきた段取りで貿易を行えば、確実に利益を上げられることがわかっていながら、誰も決断できない。県の役人には商売の感覚を持った者が一人もいない）

（政挙公が、武士でありながら、延岡のことを真剣に考えて始めた経済事業を、引き継ぐ器

量を持った者が誰もいない。こんなことで延岡はこれからどうなってしまうんだ）
貞三郎は、悔しくてしようがない。延岡との商売に乗り気になってもらった、ヴァン・リードへの義理を欠くことにもなる。せっかく自分の能力を延岡のために使う機会を得たと思ったとたん、上りかけていた梯子を下から蹴り倒されたと感じた。

貞三郎の延岡の将来を思っての心配は、杞憂に終わる。福沢諭吉と親交が深かった旧藩主内藤政挙公は、福沢の「旧藩主は、領地に帰って地元の発展に尽くすべきだ」との思想に共感し、原則東京在住を求められている華族の立場にありながら、延岡で「亮天社《りょうてんしゃ》」という私学校を作り、銅山を開発し、製材業をはじめ、私財を投じて橋を架けるなど、徹底して延岡の発展に尽くした。地元を顧みず東京で暮らす旧諸侯が多い中、真剣に延岡のことを考え続けてくれた。家康の岡崎時代からの家臣であるという、譜代中の譜代、その血筋の良さがなさせたのかもしれない。
このことに感謝して、延岡市民はいまだに内藤家を慕っている。とにかく、役人の能力不足を政挙公の情熱がカバーして、延岡の明治期の発展は維持された。

県のその後を少し書いておくと、この一年半後、都城県と美々津県が再合併し宮崎県が誕生する。しかし、さらにその三年後、明治九年（一八七六）には鹿児島県に合併され、宮崎県はなくなってしまう。宮崎県の再配置は西南戦争後の分県運動を経て、明治十六年（一八八三）まで待たなくてはならなかった。

三、台湾出兵

失意のうちに延岡を離れた貞三郎は、明治政府に仕事を求めて再度出仕した。ちょうど廃藩置県に伴い、石川県の所有していた猶龍丸《ゆうりょう》という船が新政府の所有に移管したとのこと。この船の船長がまだ決まっていなかったので、貞三郎の出番となった。猶龍丸は日本国郵便蒸気船会社に所属し、海運業を行うこととなった。

明治維新直後の日本近海の海運は、ヨーロッパ列強の船が利権を求めて群がり、日本の船は締め出されようとしていた。この状況を危惧した政府は、廃藩置県に合わせて各藩所有の船を接収し、日本国郵便蒸気船会社に与え日本の海運業を育てようとしていた。後世「日本資本主義の父」と呼ばれた渋沢栄一の肝入りでスタートしたこの会社は、政府から多額の資金援助も得て、堅実な経営を行えるはずであった。超一流の船長である貞三郎は、船の運航速度でも、悪天候を突いて船を出す見極めにおいても、他の追随を許さぬ能力を発揮した。

しかし、郵便蒸気船会社は旧士族が中心となって経営する国策会社であったため、決定的な弱点をはらんでいた。

——おい、こら、切符が要る者はこの列に並べ、係員の指示に従わぬ者は打ち倒すぞ！

——百姓町民は切符があろうと船室に入ることはならん。甲板に転がっておれ、いやなら降りろ！

従業員らが、いわゆる殿様商売から脱却することができないのである。

評判を落としているときに、思わぬところから、権益を脅かす対抗馬が出現した。

土佐出身の岩崎弥太郎が始めた郵便汽船三菱会社である。坂本龍馬の遺産である海援隊、土佐商会を引き継いで三菱を立ち上げた岩崎は、決死の覚悟で国策企業に戦いを挑んできた。

それは、運賃の徹底的なダンピングから始まった。日蒸（日本国郵便蒸気船会社）の半額を打ち出し、日蒸が合わせて下げてくると、さらに半額に下げる。日蒸の船が出発する岸壁に社員を派遣し、乗船間際の客を三菱の船にかっさらう。航路を邪魔して到着を遅らせる。同時に出発して先着し、スピードの速いことを喧伝する。

岩崎は、ありとあらゆる妨害、対抗策を行い、日蒸と三菱、どちらかが潰れるまで徹底的に争う姿勢を見せている。その中で、日蒸の優秀な船長であった貞三郎の存在は、岩崎にとって非常にやっかいなものになりつつあった。

ある時、岩崎は貞三郎のもとを訪ねてきた。黒紋付きをきっちりと着て、髪をこれまたきっちりと油でなでつけて、大きな顔にこんもりと口髭を生やした風体は、新興の成り金らしい押しの強さをにじませていた。

「いやあ、満石殿の操船技術には舌を巻きますな。三菱の船も貴殿の船にはどうしても勝てん。うちの船長たちに満石殿の爪の垢を煎じて飲ませてはくれまいか」

印象に違わぬ大きな声で、近づいてきた。

「……」

貞三郎は、岩崎のあからさまなおべんちゃらに逆に表情を硬くした。

「満石殿が儂を警戒する気持ちはよくわかる。しかし、日本国郵便蒸気船と郵便汽船三菱はある意味戦争を行っているんじゃ。食うか食われるか、国の後ろ盾を得ている日蒸にあたるに、中途半端な経営では三菱が倒産してしまう。儂も必死なんじゃ」

「儂がさっき言った話は、お世辞や社交辞令ではない。満石殿の神業のような操船の腕が必要じゃ。日蒸を辞めて何としても三菱の船に乗ってほしいと思っておるんじゃ」

「断る。お主の話は一切聞くつもりはない！」

貞三郎は、強引な岩崎の誘いを言下に断った。強硬に拒絶する意思を示す貞三郎に対し、岩崎はさらに一歩踏み込んで貞三郎の右手を両手で包むように取った。

「そう、つれないことを言うでない。お主も日蒸の社員の乗客へのぞんざいな対応や、腰の引けた経営に、閉口しているのではないか」

「……」

「儂は人倫にもとる商売を行っているつもりはないぜよ。三菱の立場になってよく考えてみてくれまいか。浴びるほど国の支援を受けている日蒸と戦うには、反則ギリギリの行為もためらっちゃおられんがぜよ。客にとって、日蒸と三菱、どっちがいい会社か考えればわかる。日蒸が勝てば、今よりさらに殿様商売に拍車がかかり、客に嫌われて、結局、西欧の船に日本の海運を握られることになるぜよ」

岩崎は、土佐弁を交えて貞三郎を熱っぽく説いた。

「何と言われても、船を乗り換えるつもりはない」

貞三郎もかたくなだった。岩崎の言うことはもっともだが、一度決めた居場所を自ら捨てることに本能的な抵抗があった。岩崎の人品にも怪訝《けげん》な思いがぬぐえない。

岩崎は一旦引き下がらざるを得なかった。

明治七年（一八七四）四月。琉球の南、台湾で、きな臭い事態が起きようとしていた。

発端は明治四年に遡る。琉球の御用船が暴風雨に遭い台湾に漂着する。六十六名の琉球民は台湾の現地人に助けを求めたが、言葉が通じなかった。台湾の現地人は意思疎通のできない琉球人たちを恐怖し、集落へ連行監禁してしまった。監禁された琉球民たちも処遇を悲観し思い余って牢を破って集落を脱走するに至った。逃げ出した琉球民たちを敵とみなした台湾人は、再度捕えて殺害する暴挙に出てしまった。最終的に、台湾人によって琉球民が五十四名斬首された。

日本政府は、この事件の賠償を清国に求める。清国は、台湾は「化外《けがい》」であり清国の統治の及ばぬ領域であると回答し、責任を回避した。この後も日本の漂流民が略奪を受ける事件が相次ぎ、台湾征討の機運が高まっていった。

そしてついに、明治政府は出兵の決断をするに至ったのである。

兵を台湾へ輸送する業務を、政府は最初イギリスへ依頼しようとしていた。しかし、イギリスは、台湾と日本の国際的な紛争なので局外中立を宣言し、輸送業務を行わない通告をしてきた。そうなると当然、日本国郵便蒸気船会社の出番となる。こんな時のために、国策会社として船を提供し、資金援助を行ってきたといえる。

しかし、一も二もなく引き受けるべき日蒸は、あろうことかこの要請を断ってしまう。三菱との争いの中で、台湾へ行って不在の間に国内航路を乗っ取られてしまうと懸念したのである。

ここでも、自分の都合ばかりを考える殿様商売のくせが出てしまった。

最後に依頼を受けた三菱は、社を挙げてこの依頼を受諾する決断を下した。岩崎弥太郎の決断ですべてを動かせる、社長独裁体制を敷いていたことで、この時宜を得た選択をすることができたのである。


岩崎弥太郎は、改めて貞三郎を訪ねてきた。

「満石殿、今回の日蒸と三菱の判断を見れば、どちらが日本に必要な会社かわかるのではないですか。これほど義理を欠いた決断を臆面もなく行える日蒸の経営陣に将来はない！」

貞三郎は言い返すことができない。

「もう一度お願いする。満石殿、貴殿の操船の力を、三菱で発揮してくだされ。慣れない台湾への航路を切り開き確立できるのは、貴殿しかいない。この輸送作戦の成功は、日本の命運を握っている。力を貸してくれ」

貞三郎も、今回は迷わなかった。

「わかりました、何を選ぶのが人として正しい道なのか、これまで迷っておりましたが、今回のことでようやくはっきりしました。三菱の船に乗りましょう」

貞三郎と岩崎は固く握手を交わした。

台湾への出兵は五月に行われた。貞三郎は、三菱の船団を率いて兵の輸送任務にあたる。優秀な三菱の船団は、見事にその任を果たした。

近代的な軍隊を持たぬ台湾先住民は日本の洋式軍隊に対しまともな抵抗ができず、ほとんど戦闘らしい戦闘は行われなかった。日本の戦死者はわずか八名、負傷者二十五名と記録されている。

しかし、終戦交渉のため長期にわたる駐屯を余儀なくされた西郷従道《つぐみち》率いる日本軍は、思いもよらぬ敵に極限まで苦しめられる。

「額で湯を沸かしそうな高熱を兵が次々と発しております。いったん下がりはするのですが何度もぶり返し、うわごとを言っております」

船員からの報告を聞いた貞三郎はすぐに思い当たった。

「それは、マラリアだ」

マラリアは、二十一世紀に入った現代でもワクチンが存在しない。ましてや、明治初期の段階では、ほとんど治療法が見つかっていない。治療薬のキニーネが量産され始めるのは二十世紀に入ってからである。

南方航路を経験している貞三郎にも罹患した経験がある。

「とにかく蚊に刺されるな！　暑いだろうが肌を布で覆って、蚊やりを焚いて寝るんだ」

貞三郎は繰り返し指示した。医者でもない貞三郎であったが、数カ月間、若山健海のもとで蘭学医見習いをしたことはある。さらに、自身の罹患経験に基づく言葉には説得力があった。

貞三郎の船は、洋上で蚊が少ないこともあって最小限の罹患者で食い止められている。

軍医たちはそのほとんどが漢方医。熱病の治療を行ったことがある者はいない。瞬く間に征討軍は病人であふれかえった。

「症状の重いものは、わが船に引き取る」

マラリアの知識のない他の船長たちが、風邪のようにうつるのを恐れて病人の受け入れを拒む中、貞三郎は積極的に患者を受け入れ、船員たちを看護にあたらせた。蚊やりの煙が充満し、締め切って熱のこもった船内は猖獗《しょうけつ》を極めた。とても病人が回復しそうな環境には見えなかったが、軍医たちが首をかしげるほど、貞三郎の船に乗った病人の回復は早かった。

漢方医たちが治療できないことを苦慮した西郷従道の要請で、日本からドイツ人医師と製氷機が送られてきて、この事態はようやく沈静化に向かった。

結局五千九百九十名の兵と軍属が出兵した台湾で、マラリアの感染者は一万六千四百九人つまり、一人当たり三回近く罹患するという悲惨な状況になった。五百六十一名が病死した。貞三郎には免疫があったのか、一度も罹患しなかった。

悲惨な状況に陥った台湾征討だったが、戦闘では台湾原住民を圧倒した日本軍は、最終的に勝利を収めた。

明治七年十月三十一日に調印された「日清両国互換条款」によって、清が日本軍の出兵を国民擁護の義挙と認め、日本は台湾原住民に対し法を設けることを求めて、征討軍を撤退させることに合意した。清国は遭難民に対する見舞金十万両を払った。また、清国が、琉球民の保護を目指した日本軍の行動を承認したため、琉球民は日本人ということになり、琉球の日本帰属が国際的に承認されるかたちとなった。

台湾への輸送任務を巡って、明治政府は日蒸を見限り、三菱への信頼を深めた。政府の支援を打ち切られた日蒸は、翌、明治八年に解散に追い込まれた。三菱の完全勝利である。日蒸に代わって政府の援助を受けるようになった三菱は、日本国内の航路で、独占体制を確立していった。

四、和田越の戦い

明治十年（一八七七）二月、九州で薩摩が蜂起した。西郷隆盛を総大将に仰ぎ、薩摩の旧士族たちを中心に、明治政府への反旗を翻《ひるがえ》した。すぐさま九州へ兵を送って薩摩軍と戦いを始めた明治政府は、この戦いを旧士族たちとの最後の決戦とすべく、国力をつぎ込んで薩摩を完全に制圧する、と覚悟した。

ここに至るまでには、いくつもの伏線があった。四民平等、版籍奉還、廃藩置県と強力に中央集権化を推し進め、旧藩勢力の弱体化を図ってきた大久保利通をはじめとする明治政府は、旧士族たちの恨みを買っていた。

佐賀の乱、神風連の乱、秋月の乱、萩の乱と続いた士族たちの反乱はその都度、明治政府に制圧されてきたが、遂に士族たちは、巨魁《きょかい》、西郷隆盛を担ぎ出して、最後の決戦に打って出ることとなった。

これまでの小さな反乱とは違う。西郷という明治維新の一番の立役者を担ぎ出し、薩摩という雄藩を挙げて立ち上がった士族たちは、全国の不平士族たちに呼びかけて、各地で一斉蜂起を促すことを目指していた。だからこそ、明治政府も必死である。全力を挙げて薩摩軍を打ち倒すことを決意していた。

郵便汽船三菱会社は、三十八隻の船を投入し、政府軍の兵と弾薬と食糧の輸送にあたった。

当初熊本を中心に行われていた戦闘は、物量に勝る政府軍によって薩軍が徐々に南に追いやられ、戦場が宮崎、そして今度は北上して延岡に移ってきていた。

八月に入って、貞三郎は延岡への輸送任務を命ぜられた。薩軍は延岡の北部、長井村の俵野《ひょうの》にある可愛岳《えのたけ》の麓に駐屯し、和田越《わだごえ》という丘を挟んで、樫山《かしやま》地区に布陣する山縣有朋率いる政府軍とにらみ合っていた。

西郷が可愛岳に宿陣したことについては、面白い説がある。

可愛岳の麓、西郷が宿陣した児玉熊四郎宅の裏には、天孫「瓊瓊杵尊《ににぎのみこと》」の御陵墓がある。幕末、長州は、蛤御門の変で京都御所に向かって発砲したことで朝敵とされたのである。その苦い経験から、長州出身の山縣有朋は天皇家の祖先の眠る御陵墓に対し、攻撃をためらうと踏んだというのである。

政府軍は、延岡港に竜驤、日進、精輝、鳳羽、春日、孟春、浅間等の海軍軍艦を配置し、艦砲射撃で政府陸軍を援護する態勢を整えていた。

思い出してほしい、この時宮崎県は存在していない。前年に鹿児島県に吸収合併されている。江戸、幕末にかけて、徳川譜代の藩として外様の薩摩に対抗する立場をとっていた延岡は、この時は立場を入れ替え、鹿児島県人として西郷軍に味方するものが多かった。多くのものが延岡隊として西郷軍に加わっている。

政府軍の兵站《へいたん》を担い、同郷人を殺傷する武器弾薬を積んで延岡港に入港した貞三郎の立場は微妙である。久しぶりに延岡に帰ってきたのだから、上陸して幼馴染たちと旧交を温めたいところであるが、町の雰囲気がわからず船を降りることが憚られた。

船の上から懐かしい街並みを眺め、ため息をついていた。貞三郎この時四十五歳。

（延岡が戦場になるなんちゅうこつは考えてもおらんかった）

（幕末以来、戦場と縁が切れん。船乗りとして洋上で嵐にあって死ぬのは覚悟の上じゃけんどん、弾に当たって死ぬ場面は考えたくねえ。これからの身の振り方についてもいっぺん真剣に考えてみらんといかん）

ギヤマン玉を取り出し、昔から変わらずその中にある三つの気泡を見つめながら、自分がこれから歩む道、避けるべき道について思いを巡らせていた。

負傷兵の後送も貞三郎の任務である。戦闘の激化で負傷兵が増えるのに備えて延岡港に停泊を続け、戦況を見守っていた。

八月十五日朝、濃霧が延岡を覆っていた。気温が上がり、霧が晴れてきた午前八時、和田越の頂上から轟音が聞こえた。西郷率いる薩軍が丘のふもとに布陣する政府軍に向けて大砲を撃ったのだ。これを合図に、大規模な戦闘が始まった。

延岡港の軍艦からは、和田越へ向け盛んに艦砲射撃が行われた。和田越の山中では、白刃《はくじん》を抜いて切りあいが行われているのか、刀身が陽光を反射して山が鰯の群れのように煌《きら》めいている。

戦闘は昼過ぎまで続いた。激戦が繰り広げられたようで、貞三郎の船にも多くの負傷兵が運ばれてきた。銃創や刀傷で血だらけの兵、砲撃で四肢が吹き飛ばされた遺体まで、船室からあふれだし甲板上も凄惨を極めた。数々の戦場で見てきた光景だとはいえ、貞三郎の心は辟易《へきえき》としていた。

八月十五日の和田越の戦いは、この戦の最後の決戦となった。西郷隆盛が初めて陣頭に立ち、薩軍を指揮した。この戦闘に敗北した西郷は、自らの陸軍大将の軍服を焼き捨て、軍に解散布告を出した。

「我軍の窮迫、此処に至る。今日のこと、唯、一死を奮って決戦するにあるのみ。此際、諸隊にして、降らんとするものは降り、死せんとするものは死し、士の卒となり、卒の士となる、唯、其欲するところに任せよ」

この解散布告を聞いて、薩摩以外の兵たちは政府軍に投降するものが出たが、薩摩の士族たちは西郷のもとを離れなかった。

（どうせ死ぬとなら、鹿児島で）

との、思いがあった。八月十七日に宿営の背後の可愛岳を越えて、政府軍の中央を突破して九州山脈に逃れるという作戦が立てられた。薩摩は関ヶ原以来、退却時は威勢がよく意外性の高い敵中突破を好む。

しかし、延岡隊の兵たちの気持ちは複雑である。西郷に心酔してこの戦いに加わったが、半年の間、九州全域を転戦してたどり着いた故郷延岡である。この地で解散布告が出されたとき、西郷の取り巻きとともに鹿児島に戻って死ぬという決断をする理由がもはや無かった。政府軍に投降すれば、他の兵といっしょに東京へ連行、処罰されるだろう。延岡にたどり着いているのに、家族の顔を見ずに捕縛されるのは無念である。逃亡するにも政府軍の包囲が厚すぎて難しい。

こんな延岡隊の窮状を、貞三郎は捕虜として船に連行された延岡隊士から聞いた。

（よし、やっと私の出番がめぐってきた。進退窮まった延岡隊を助ける）

政府軍に与《くみ》しながら、だからこそ、延岡のために、自分にしかできない役目があるのではないかと考え続けていた。今が、そのときだ。

政府軍の兵装をさせた腹心の船員をボートに乗せて、自分は野良着を着てオールを漕いだ。延岡港から北川を遡る。政府軍の連絡船を装ったので誰何《すいか》もされず、家田《えだ》地区まですんなりたどり着いた。家田湿原の水草のなかにボートを隠す。ここから、西郷軍の宿営まではひと山先だ。

湿原の泥で野良着を汚し、田んぼ帰りの百姓を装って、西郷軍宿営のある俵野《ひょうの》を独り目指した。夏の日が傾き始めていた。政府軍の陣を横切る。大軍で圧倒し戦勝を重ね、半年以上転戦してきてようやく最終的な勝利が目前である。政府軍の兵たちの雰囲気は明るかった。談笑しながら、糧食の配布を待っている。これなら、すんなり通れるかもしれない。

気を殺しながら歩く貞三郎を、一人の兵が呼び止めた。流石《さすが》に戦闘中の軍隊である。そう簡単ではない。

「おい、こら、どこへゆく。この先は薩軍の陣だぞ、勝手に通るんじゃない」

政府軍から呼び止められた。貞三郎はヒヤリとしながら、平静を装った。

「そんげなこつ言われてん、わしん家《げ》はこの先なっちゃ。田んぼは家田にあるもんじゃから、ここを通らんと野良仕事ができんとじゃが……」

言葉も延岡弁、泥だらけの野良着姿では、これ以上疑われなかった。

「そうか、仕方ない通れ。薩軍に撃たれても知らんぞ」

とぼとぼと、家路をたどる百姓を演じながら歩くと、俵野に着いたころちょうど日が沈んでいた。

薩軍の宿営は殺伐としていた。今通ってきた政府軍の戦勝に浮かれた陣容とは真逆である。兵たちは戦塵と血にまみれ、うつむいて、足を引きずりながらやっと歩いている。というより、ほとんどのものは寝そべって虚ろな目で虚空を見つめ死んだように動かない。

一千名にまで減っていた薩軍のなかを歩き回り、延岡隊を探す。

「延岡からきちょる兵隊はどこんおっちゃろうか」

数人に聞いたら、すぐに判った。十名まで減った延岡隊は、宿営の中心から離れて、山際の井戸のそばに固まっていた。声をひそめて話し合いの最中であった。貞三郎が近づくと不自然に話をやめる。

「延岡隊の皆様でござますかあ」

警戒を解くために、百姓のふりを続け間の抜けた声色で話しかけた。

「いかにもそうじゃが、何んしか？」

貞三郎は、ここで芝居をやめた。顔を引き締めて、声をひそめる。

「私は延岡藩士、満石貞三郎と申す。延岡隊の状況は聞いている。お主らを助けるために来た。私といっしょに逃げよう」

「貞三郎様とな！　もしや、おらんだ貞？」

貞三郎の名を知るものがいた。話が早い。

「いかにも、おらんだ貞じゃ。いまは、三菱汽船に乗って政府軍の兵站を担っておる。薩軍と敵の立場じゃが、じゃからこそ、お主らを助ける道が判る。私についてこい。お主たちに、鹿児島までついていく義理は無かろう。今も、政府軍に投降するか、逃亡するか話しておったんじゃろう。私が必ず逃がしてやる。信じてついてこい」

互いに顔を見合わせた延岡隊の面々は、貞三郎にすがった。

「おっしゃるとおりじゃ。延岡隊皆で投降するか、逃げると決めて、方法を話し合っちょりました。土地勘を活かして逃げる方に傾いちょりましたが、なんせ三万を超える政府軍に囲まれた状況では、いかに土地を知っておっても難しいと悩んじょりました」

「案ずるな。私は逃げることに関して誰にも負けん。知ってのとおり、幕府の目をかいくぐってオランダに逃れたし、帰国してからも自首するまで捕縛されたことはない」

貞三郎は、そう言って不敵に笑って見せた。

「舟を使う。お主たちは半時したら河原に出て草むらに潜んでおれ。私がボートで北川を下ってくる。幸い月の出まではしばらく時間がある。闇に紛れてボートに乗り込めば、あとはすんなり行くはずじゃ。兵装は全て置いてゆくんだぞ、戦う気持ちは捨てろ、逃げに徹すれば道はある」

そう言い含めて、貞三郎は再び来た道を戻った。

政府軍の陣容は夕刻よりもさらに緩んでいた。西郷の解散布告を受けて、薩軍からの投降者が相次いだため、いよいよ勝利も確定的だとの観測が広がり、兵たちは気を弛めていた。長井村の民家から酒を徴して宴会が始まっている。貞三郎は誰にも誰何されることなく陣を通り抜けた。

家田湿原にたどり着くと、ボートと政府軍の兵装をした部下は、無事見つからずに待機していた。ここからが正念場だ。

湿原から流れ出る支流を下り、北川の本流に合流するところで制止を受けた。

「おい、夜中にどこへゆく。聞いておらんぞ」

「延岡港の軍艦に戦況報告に向かうところだ。海軍の指示なので陸軍には通達がなかったのじゃないか」

ヒヤリとしたが、あらかじめ言い含めた言い訳を、政府軍の兵装の部下にさせた。

「そうか、また海軍の勝手か、うんざりするな。しかし、これから下には薩軍の陣がある。見つかると危ないぞ、気をつけろ。まあ既に、奴らに無駄玉を使う余裕はないだろうから、心配なかろうがな」

「ああ、せいぜい気を付けるよ」

あっさりと通してくれた。物事にはそれを行うための「汐《しお》合い」がある。この瞬間、政府軍の包囲網から逃れる汐が到来していた。貞三郎の汐目の読みは正確である。

俵野の河原にたどり着くと、延岡隊の面々を拾う。

「よし、ここまでよく頑張った。あと少しだ」

「西郷軍は決死の覚悟で可愛岳を越えて敵中突破をすると言いよるとです。死地に向かう仲間をおいてゆくごつあって…」

半年間いっしょに死線をくぐった仲間といっしょに死ねないことに、強い引け目を感じているようだ。

「お前たちの気持ちはよく分かる。私も、長州征討、函館戦争、台湾の役と何度も戦い何度も負けちょる。じゃからこそ、生き残ることの大切さも強く感じる。生きて、死んだ仲間の供養をするとじゃ」

「それと、可愛岳突囲の件は、聞かなかったことにする。この先も誰にも話すな。政府軍と西郷軍、双方に大きな影響のある情報だ。聞けば、政府軍の兵としてその情報を見過ごすことが出来なくなる。私も、お前たちも、最後の一線は守らんといかん。それぞれの兵の命に責任がある」

貞三郎は、政府軍に明らかな背信行為を行っている。延岡隊を救うためとはいえ、敵味方の線引きを越えたことを腹に飲み込んで、自分だけで責任を負わなくてはならない。

「一気に海まで行くぞ。全員で堂々と顔を上げて舟を漕ぐんだ。政府軍は油断している。不審さをとりつくろうより勢いに任せて進んだ方がうまくいくとみた」

それからは堂々と松明をつけてオールを漕ぐ。川を下る舟は足が速い。政府軍のふりをして三菱の船まで帰り着いた。

安堵する延岡隊の服装を整え、一般の町民に見えるようにすると、延岡の南端の土々呂《ととろ》まで船で送り届けた。あとは、土地勘を活かして何とでもするだろう。

西郷はこのあと、九州山脈を縦走する百里の逃避行を経て、故郷薩摩の城山で死んだ。

「明治十年の役」のちに「西南戦争」と名付けられるこの戦いは、日本で起きた最後の内戦となった。

終章　自由の海を求めて

西南戦争が終結して、貞三郎は岩崎弥太郎の邸宅のある東京駒込の六義園《りくぎえん》を訪ねた。秋を迎えた園内は燃えるような紅葉の盛りで、滝見の茶屋に案内された貞三郎は、緑の池に映る真っ赤なもみじを眺めながら、懐の封筒をそっと服の上から押さえていた。

やがて岩崎は、相変わらずの紋付き袴姿で現れた。明治になって十年も経つというのに、この実業界の大御所はほとんど洋装姿を見せたことがない。鋭い眼光を放ちながら、肩を怒らせて、ドタドタとせっかちな歩調で小径をたどってきた。

「やあやあ、満石殿、先の戦でも大活躍でござったな。相変わらず、その方の船は三菱の稼ぎ頭じゃ。流石はご一新前からヨーロッパの海で鳴らしただけのことはある」

相変わらずの大声でまくし立て、貞三郎を自分のペースに巻き込んでしまおうとする。握手をしようと手を差し出したので、貞三郎は黙ってその手に、懐から出した辞表を握らせた。

「これはどういうことじゃ？」

弥太郎の笑みが凍りついた。

「この度の戦で、政治絡みの仕事をすることに疲れてしまいました。好きな海にいるときはもっと自由な気持ちでいたいものです。そのために、三菱をやめさせてもらいたい」

貞三郎はあくまで静かに弥太郎に告げた。

「いやいや、満石殿にはまだまだ働いてもらわねば困る。三菱も台湾の役と西南戦争で利益を上げたとはいえ、それをやっかみ、足を引っ張るものが大勢いる。何とかもう少し、三菱が軌道に乗るまで助けてはもらえまいか」

岩崎は、必死に貞三郎を慰留した。

「申し訳ないが、これはもう決めたことです。思えば、十七の歳に故郷延岡を後にしてから、様々な人と会い、自分の意思であるなしにかかわらず、いろんな場所を渡り歩きました。岩崎殿を含め、出会いの一つひとつは貴重なもので、そのおかげで自分の身の丈を超えた素晴らしい仕事をさせてもらいました」

「しかし、求められて仕事をさせていただきましたが、最近ではいつも、戦争や政治の暗い影を感じながら、船を走らせておりました。本来、私の憧れた海には一切の制約がなく、一旦岸を離れれば、どこまでも続く海原に身をゆだね、この上ない自由を満喫できる場所でした。三菱の仕事にはその自由を感じることができなくなっております」

「私の本当にやりたかった仕事は、世界の海を回って商売をすることなのです。岩崎殿のおかげでいくらか貯えもできました。人生五十年。力と意欲の残っているうちに自分の仕事に挑戦してみたいのです。どうか止めないでいただきたい」

貞三郎の思いを聞いて、弥太郎は考え込んでしまった。暫く池の水面を見つめていたが、吹っ切るように貞三郎に向き直るとゆっくりと語った。

「そのような決意をされていたのでは仕方ありませんな。満石殿の抜ける穴はとてつもなく大きいが、これまで自由に生きてきた私に満石殿を止める資格はござらん。儂の友であり、師であり、敵でもあった土佐の坂本龍馬が同じようなことを言っておった」

「坂本も今生きていれば、自分の船の上で、目を細めて水平線の向こうを見つめておることじゃろう。満石殿には、生きて、坂本の思いの一つでもかなえてもらえれば、儂も嬉しい。満石殿が自由な海を取り戻せることを祈っております」

岩崎は居住まいを正して貞三郎に向き合った。

「しかし、満石殿の功績を考えると、このまま三菱をやめるだけでは物足りないであろう。貴殿が歩んできた波乱万丈の半生にわずかながら触れさせていただいた数少ない一人として、貴殿の功績を広く世に知らしめる手助けをさせていただきたいのじゃが、いかがじゃ。政府に掛け合い、相応の爵位なり役職を頂く運動をさせてもらえぬか」

しかし、貞三郎はゆっくりと首を振った。

「私はこれまでずっと、ただの船乗りとして生きてきたつもりです。私の願いは栄達ではございません。船乗りとしての自由、真に、それだけを求めております。爵位も役職も自由な海では邪魔に感じます。どうか、私の自由を奪わないでください」

穏やかな満面の笑みが貞三郎の顔に広がった。岩崎もその笑みに引き込まれるように微笑み、納得したとばかりに二度頷いた。


大きな伸びをして立ち上がった貞三郎は、滝見の茶屋から見える六義園の絶景に向き直った。もみじの上に広がる秋空はどこまでも高く、貞三郎は、自分の中に残されている青雲の志を、思う存分膨らませて、その空一面にぶちまけてみたいと思っていた。

全てのしがらみから解き放たれたいと、静かな池の水面へギヤマン玉を力いっぱい放り捨てた。

完

【参考文献】

『あがた』石川恒太郎編　一九三九年　日向精神文化研究所発行
『延岡郷土読本』石川恒太郎編　一九四八年　延岡郷土史研究会発行
『新・日向ものしり帳　茶の間の歴史』石川恒太郎著　一九七四年　帝国地方行政会発行
『わだつみの詩　巷説オランダ貞』赤木衛著　夕刊デイリー新聞連載
『武田斐三郎伝』白山友正著　一九七一年　北海道経済史研究所発行
『武田斐三郎　幕末のダ・ビンチ』武内収太著　一九七一年　北海道テレビ社長室発行
『はこだてまいくろぶっく一〇　五稜郭と武田斐三郎』一九七一年　私書版
『函館英学事始め』井上能孝著　一九八七年　北海道新聞社発行
『歴史群像シリーズ⑯　西郷隆盛』一九九〇年　学研プラス発行
『猛き黄金の国』本宮ひろし作　一九九〇～九二年　ビジネスジャンプコミックス
『午後の刺客』早瀬利之著　二〇〇六年　光人社発行
『西南戦争の戦跡を訪ねて』延岡市教育委員会　二〇一六年
『世に棲む日々』司馬遼太郎著　文春文庫
『竜馬がゆく』司馬遼太郎著　文春文庫
『歳月』司馬遼太郎著　講談社文庫
『燃えよ剣』司馬遼太郎著　新潮文庫
『最後の将軍』司馬遼太郎著　文春文庫

あとがき

満石禎三郎のその後に触れておきたい。
三菱汽船を辞した満石は、自らの設計で四隻の帆船を造船し、その船を使ってカムチャッカへの貿易を始めた。しかし、政府の命により、たった一回実施しただけで中止させられてしまう。上海との貿易にも再チャレンジしていたがなかなか方策が見いだせない。明治十九年には小笠原諸島への航路開拓を行った。明治二十六年二月十日、縁あって神戸港の築港計画を進めていたさなか、病に倒れ六十三歳で生涯を閉じた。

「おらんだ禎」という言葉を聞いたのはいつのことだっただろうか。七、八年前だったような気がする。誰かとの会話のなかで、そういう名前の人物がいると聞いたのだと思う。しかし、そのころ、私の頭の中は、前作の主人公「井上延陵」の事でいっぱいだった。「禎」が男か女かもはっきり記憶しなかったと思う。

二十数年をかけて完成させた「延陵伝」の存在は大きかった。書き上げた後ぽっかりと心に穴があいたような気がした。穴を埋めるべく、次の小説の題材を探して必死にアンテナを張った。

そんなとき、「おらんだ禎」というフレーズが何かの拍子に心に落ちてきた。なんだったたっけかなぁと、図書館でキーワードを検索すると、文献が二つ引っかかった。どちらも、延岡の郷土史家、故石川恒太郎氏の書いたもの。ほぼ似かよった内容の記述が別々の本に掲載されていた。内容をまとめてみると、A4用紙一枚に収まるくらい。人の一生を描くにはあまりにも情報が少ない。関係しそうな文献を集め、禎三郎の名前を探したがどこにも見当たらない。この人物は本当に存在したのだろうか?と疑ったこともあった。

しかし、この人生は掛け値なしに面白い。何とか世に出すべきだ。私が「禎」の人物像を創り上げればいいんだ、と覚悟を決めた。

司馬遼太郎は坂本龍馬の「龍」の字を「竜」に換えて「竜馬がゆく」という創作を行った。私も「禎」を「貞」に換えて自由に物語ってみよう。

書き始めてからも度々筆が止まった。十八世紀末のオランダの風景ってどんなだろう?取材に行きたいが、私の今の状態ではハウステンボスまで行くのが精一杯だ。

函館行きにも二の足を踏んでしまう。

一方、文献は非常に集めやすい時代だ。ネットで探せばすぐに見つかるし、注文すれば三日で届く。取材に行けない分、周辺の文献を必死に読んでイメージを作った。

前作と同じように、短い時間を継ぎ接ぎしながら、少しずつ書き進めた。

彼の人生を振り返って改めて思う。満石禎三郎は、同時代に活躍した維新明治の傑物たちのように、歴史に名を残す何かを成し遂げたわけではない。動乱の時代を海の上から眺めて、懸命に自分の居場所を探し続けた一生だった。

しかし、彼の視点から眺める幕末は、これまでに感じたことのない表情を見せてくれた。どこか無邪気で、少し飄々としていて、混乱を極めているはずなのにそこに生きる人間一人ひとりの表情を浮き彫りにする。こんな視点を持った男が奇跡のように生きたことを嬉しく思った。

書く中で、またいろんな登場人物にめぐり合えた。武田斐三郎、土方歳三、榎本武揚、岩崎弥太郎、どの人物も一とおりは知っていたが、真の意味でその人となりを理解してはいなかった。自分の文章で書くために、一から学び直し頭の中に像を結ばせる。

小説を書くことで、頭の中に多くの歴史上の人物が住みつくようになったことを、心から幸せに感じている。
次は、誰とめぐり合えるだろう。

令和元年十二月

著者

著者略歴

古川　久師（ふるかわ　ひさし）

1969年　宮崎県延岡市生まれ
　　　　延岡東高等学校卒業
　　　　都留文科大学卒業
1993年　延岡市役所入庁
2003年　延岡青年会議所入会（2009年卒業）
2012年　まつりのべおか実行委員長
　　　　１男２女の父

2011年　延陵伝出版（鉱脈社刊）

おらんだ貞

二〇一九年十二月十八日初版印刷
二〇一九年十二月二十四日初版発行

著者　古川久師©
発行者　川口敦己
発行所　鉱脈社
〒八八〇―八五五一
宮崎市田代町二六三番地
電話　〇九八五―二五―一七五八

印刷　製本　有限会社　鉱脈社